ET SI J'ÉTAIS UN ANIMAL… LEQUEL SERAIS-JE ?

Concours mai 2022

Edilivre

Cet ouvrage a été composé par Edilivre

Immeuble Le Cargo, 157 boulevard Mac Donald – 75019 Paris
Tél. : 01 41 62 14 40 – Fax : 01 41 62 14 50
Mail : client@edilivre.com
www.edilivre.com

Imprimé en France
Texte intégral

Dépôt légal.

ISBN papier : 978-2-414-56683-9

Tous nos livres sont imprimés dans les règles environnementales les plus strictes.

L'ÉDITO

Après s'être aventurée au cœur de diverses relations amoureuses et avoir ouvert les portes du Moulin Rouge des années vingt, Edilivre vous a une nouvelle fois proposé d'écrire et de soumettre vos histoires courtes.

Nous avons pris plaisir à lire les nouvelles qui nous ont été présentées. Par conséquent, nous vous proposons ce nouveau recueil de nouvelles intitulé *Et si j'étais un animal… Lequel serais-je ?*

À travers les pages de ce livre, les participants de ce concours vont vous faire découvrir la diversité de la faune. Petites et grosses bêtes sont au rendez-vous.

Durant un mois, l'équipe éditoriale a constitué un jury littéraire professionnel afin de sélectionner quinze nouvelles qui sauront vous rapprocher de la bête (ou insecte) qui sommeille en vous.

Les auteurs lauréats nous ont fait découvrir leurs histoires à travers nos majestueux vertébrés, nos dangereux reptiles, nos drôles d'amphibiens et nos incroyables mammifères.

À travers ces témoignages, préparez-vous à incarner des animaux plus farfelus les uns que les autres.

Histoires d'amour, meurtres, expériences scientifiques, jalousie et même pensée philosophique sont au rendez-vous.

Nous remercions tous les auteurs qui ont pris le temps d'écrire et qui ont participé au concours.

Nous espérons vous revoir lors du prochain concours d'écriture.

Virginie D. est née en 1987 à Cambrai. Passionnée de lecture, elle suit des études littéraires et devient professeure des écoles en 2010. En 2012, elle prend la plume pour mettre des mots sur des maux à panser. Fascinée par le pouvoir de l'écriture, elle multiplie les poèmes. En 2021, elle ressent le besoin de partager les émotions qui l'animent lorsqu'elle écrit.

Elle rejoint l'*Atelier des auteurs*, explore la prose et la nouvelle, et se lance dans des premiers concours. Dans un registre doux et poétique, Virginie D. s'attache à étoiler les Ténèbres de poudre d'Espérance.

Virginie DILLIES

LE PRISME DE L'INSTINCT

« On peut passer une vie entière à chercher qui l'on est. Suis ton instinct, il te montrera le chemin. »

Les mots de la vieille chouette résonnent encore en moi tandis que, rassemblés une dernière fois auprès d'elle, nous lui témoignons notre plus sincère reconnaissance. Je détaille sa longue robe blanche, soyeuse comme un bouquet d'aigrettes, et l'imagine déjà virevoltant dans la nuit noire, à travers les étoiles endormies.

La cérémonie se termine, je m'installe tout contre un arbre et suis des yeux le déclin du soleil. Je laisse ses derniers rayons caresser ma peau de leur souffle tiède. Un sentiment d'apaisement s'empare de moi tandis que nous basculons doucement dans la pénombre. Des petits jouent à cache-cache. L'un d'entre eux se faufile derrière mon tronc. Je sens bientôt son regard curieux se poser sur moi. Je tourne la tête, un mélange de fascination et de terreur brille au creux de ses prunelles. Après un instant d'hésitation, sa curiosité l'emporte. Dans une démarche féline, il s'installe à mes côtés et me demande :

— Quelle espèce d'animal es-tu ?

Je souris.

Combien de fois m'a-t-on posé cette question ? Combien de fois me la suis-je posée moi-même ?

Sans attendre ma réponse, le chaton reprend :

— Je suis triste pour la vieille chouette. Je l'aimais bien.

— Moi aussi, dis-je.

— Qui nous guidera, désormais ?

— Ta mère ! répond un jeune lapereau en s'approchant de nous.

— Il n'a plus de mère, souffle alors une jeune renarde.

Devant le désarroi de ce pauvre petit chat, des souvenirs de moi plus jeune affluent. Et c'est ainsi que je me retrouve, sous le clair de lune, à partager avec lui l'expérience de ma vie.

« Un jour, je me réveillai seule et perdue. Un sentiment de panique m'oppressait, j'avais envie de pleurer et, plus que tout, je voulais la tendresse réconfortante de ma maman. J'errai çà et là, des jours durant, portée par le souffle du vent. La première que je remarquai fut la poule. Il me semblait qu'elle n'allait pas très bien, toute recroquevillée sur elle-même. Mais lorsque je m'approchai d'elle, elle leva la tête et m'adressa un tendre sourire. Qu'elle était coquette ! Toute rousse et toute frisée, les joues poudrées de fard carminé.

— Qui es-tu ? me lança-t-elle.

— Je ne sais pas.

— Où est ta maman ?

— Je ne sais pas. Je me suis perdue.

— Tu peux rester avec moi.

— Que fais-tu ? lui demandai-je alors, intriguée.

— Je couve mes petits. Nuit et jour, je couve.

— Pourquoi ?

— Pour les envelopper de la chaleur dont ils ont besoin.

— Que ce doit être exquis d'être choyé ainsi ! m'entendis-je dire.

Je restai tout près de la poule et la regardai couver. Nuit et jour. Quelle patience elle avait !

Lorsque ses petits eurent éclos, je décidai de m'en aller.

La seconde que je croisai fut la lionne. Sa robe fauve luisait au soleil et sa chevelure flamboyait comme la crinière de son père. Elle était resplendissante. Dans un port de tête altier, elle surveillait ses petits. Une hyène passa tout près d'eux, je la vis bondir sur elle et la mordre avec tant de force que la pauvre malheureuse rebroussa chemin dans une démarche claudicante. La lionne s'approcha de ses petits et les embrassa avec fougue. Lorsqu'elle me vit, elle m'adressa un regard haineux qu'elle abandonna vite en apercevant mon tremblement. Elle s'approcha avec méfiance et me demanda :

— Qui es-tu ?

— Je ne sais pas.

— Où est ta maman ?

— Je ne sais pas. Je me suis perdue.

— Tu peux rester avec moi.

— Pourquoi te montres-tu si agressive ? osai-je.

— Parce que je ne peux tolérer de les voir souffrir. Les défendre reste mon devoir le plus sacré.

— Que ce doit être rassurant de se sentir ainsi protégé ! murmurai-je.

Je restai tout près de la lionne et appris à chasser. Je l'observais tandis qu'elle guettait ses proies. Je voyais les muscles de sa mâchoire se contracter, ses griffes se rétracter, son corps se cambrer tout comme elle le faisait à l'approche d'un danger. J'admirais sa force, son courage et sa ténacité. Lorsque je me sentis prête, je poursuivis mon chemin.

Je rencontrai alors l'ourse. Elle traversait la rivière en compagnie de ses petits. Elle paraissait si puissante dans son épaisse robe brune. L'un de ses oursons pleurait, tétanisé sur son galet. Je la vis alors lui adresser le plus tendre des regards et lui parler d'une voix rassurante. Un pas après l'autre, le petit avançait sûrement. Lorsqu'elle me vit, l'ourse me demanda :

— Qui es-tu ?
— Je ne sais pas.
— Où est ta maman ?
— Je ne sais pas, je me suis perdue.
— Tu peux rester avec moi.
— Pourquoi ne lui donnes-tu pas la main ? demandai-je, étonnée.
— Parce que je sais qu'il peut y arriver !

Puis je remarquai la faible distance qui la séparait de son petit. Un simple mouvement suffisait à le rattraper si besoin. Lorsque l'ourson regagna la rive, l'ourse s'écria :

— Bravo, mon grand !

Son regard luisait de fierté.

— Que ce doit être merveilleux de se sentir adulé ! soupirai-je.

Je restai tout près de l'ourse et la regardai jouer et câliner ses petits. Lorsque l'hiver approcha, je les laissai à l'entrée d'une grotte.

Je luttais contre le vent, le froid, le manque de cette mère que je ne reverrais sans doute pas. C'est alors que j'entendis un hurlement qui perfora le silence de la nuit. Terrifiée, je me pelotonnai contre l'écorce d'un arbre. Des yeux jaunes percèrent les fourrés et me fixèrent avec intensité. Lorsqu'elle avança sous la lune, je reconnus la louve à sa chevelure cendrée et aux cicatrices qui zébraient son corps.

— Qui es-tu ? s'exclama-t-elle.
— Je ne sais pas.
— Où est ta maman ?
— Je ne sais pas. Je me suis perdue.
— Tu peux rester avec moi.
— Pourquoi hurlais-tu ainsi ? demandai-je.

La louve soupira.

— Pour rappeler tout près de moi l'enfant que j'ai perdu.

Sa réponse me brisa le cœur. Se pouvait-il que ma mère, où qu'elle soit, hurle mon nom avec autant de désespoir et de souffrance ?

— Que ce doit être réconfortant de se sentir inoubliable ! soufflai-je.

Je restai tout près de la louve. Elle m'apporta autant d'amour et d'attention qu'à ses petits. Pourtant, vint le moment où je la quittai aussi.

Les yeux rivés au sol, le cœur au bord des larmes, je m'enfonçai dans la forêt. Lorsque, à bout de forces et vidée de toute émotion, je tombai à genoux, une douce voix m'interpella :

— Qui es-tu ?

Cette seule question déclencha de nouveaux sanglots. J'attendais que l'étrangère m'interroge une seconde fois, mais elle ne dit plus rien. Je craignis un instant qu'elle s'en soit allée, mais en levant la tête, je la trouvai, assise tout près de moi. Elle avait de grandes prunelles ambrées et une peau aussi laiteuse que les plumes de sa robe. C'est moi qui brisai le silence.

— J'ai perdu ma maman. Je ne sais pas qui elle est, tout comme je ne sais pas qui je suis. J'ai bien rencontré d'autres mamans toutes plus aimantes les unes que les autres. J'ai tant appris à leurs côtés, mais moi, je ne sais pas qui je suis, répétai-je. Quelle mère ferai-je alors ?

— On peut passer une vie entière à chercher qui l'on est. Ne tente pas de ressembler à l'une ou à l'autre. Sois toi-même. Écoute ton cœur, puise dans ton âme et suis ton instinct, il te montrera le chemin.

J'ai tenté d'avancer sur le chemin de ma vie en suivant les précieux conseils de la chouette. J'ai aimé et quand fut le moment d'être mère à mon tour, je me suis enfin découverte. »

— Alors, qui es-tu ? me demande le chaton, captivé par mon histoire.

Je souris et fixe l'obscurité devant moi. Il y a quelque chose de rassurant dans cette pénombre qui m'enveloppe. Je ne saurai dire quoi. Pourtant, je ne me sens jamais aussi moi-même que sous le reflet de la lune. Certains voient dans la nuit le spectre de leurs angoisses, les fantômes de leur passé. Moi, je vois à travers ce voile noir, l'ombre d'une vie, le prisme d'un futur.

— Je me suis sentie poule lorsque j'ai porté mon petit, lionne quand on l'a menacé, ourse lorsqu'il doutait de lui et louve quand il m'a quittée.

Mon petit voisin me fixe, circonspect. Je vois que ma réponse ne lui convient pas.

— On est qui on est, chaton. Quel que soit l'animal qui sommeille en nous, il nous faut suivre notre instinct et affronter notre destin !

Mon compagnon ressasse mes dernières paroles et se lève enfin.

— Moi, je pense que tu es une vieille chouette, me dit-il en s'éloignant, un sourire au bord des lèvres.

Née en 1971, à Quimper, Isabelle Marc est une ancienne élève de l'ENS de Fontenay/Saint-Cloud. Après ses années de classe préparatoire littéraire à Rennes, elle a vécu vingt-deux ans à Paris où elle a obtenu l'agrégation d'espagnol et un DEA d'études hispaniques.

Elle a longtemps été enseignante en région parisienne avant de retourner aux sources dans son Finistère natal qu'elle n'a plus quitté depuis. Passionnée de lecture et de jeux de lettres comme le Scrabble et le Jarnac, elle adore aussi participer à des ateliers d'écriture.

Elle a été lectrice pour de petites maisons d'édition et s'occupe actuellement de bêta-lecture sur une plateforme en ligne.

Isabelle MARC

MEUNIÈRE, TU DORS

Fluette et scintillante, je remontais la rivière tumultueuse qui se faufilait à travers les gorges du Stangala, en amont de Quimper, dans le Finistère. J'étais une truite sauvage, tellement épuisée qu'un air entêtant ne me quittait plus, *La Truite* de Schubert : « *Voyez au sein de l'onde ainsi qu'un trait d'argent/La truite vagabonde braver le flot changeant.* »

D'ordinaire, au sein de l'Odet, je me sentais comme un poisson dans l'eau. Mais en ces circonstances, je ne parvenais plus à réfléchir, peinant dans ces courants assourdissants où les autres poissons progressaient, serrés comme des sardines. J'étais en nage. Je m'efforçais de ne pas m'endormir au beau milieu de la route. Et cet air qui me trottait dans la tête : « *Légère et gracieuse bien loin de ses abris/La truite va joyeuse le long des bords fleuris.* »

Pour parachever le tout, un congénère me fit une queue de poisson en m'engueulant comme du poisson pourri. Il alla jusqu'à me traiter de « pauvre tanche ». Je fis un écart, avant de l'agonir d'injures à mon tour. Le malotru me rétorqua « sale morue ! » Quelle vulgarité ! Je ne daignai même plus répondre à ce spécimen au vocabulaire de maquereau. Je restai muette comme une carpe.

Une délicieuse odeur de sarrasin émanait de la crêperie voisine, se répandant dans toute la contrée. J'avais faim et tellement soif que j'aurais bu même la mer et ses poissons. J'en venais presque à envier les truites d'élevage, mes cousines : des truites arc-en-ciel, vivant certes dans la promiscuité, mais à qui des hommes apportaient le petit-déjeuner au lit, tous les matins, les pieds dans l'eau. Le lied de Schubert m'accompagnait toujours : « *Un homme la regarde tenant l'appât trompeur/Ô truite, prends bien garde, voici l'adroit pêcheur.* »

Je distinguai un ver au bout d'un fil où pendillait un appât. Sûrement un de ces nouveaux leurres : les insectes, c'est très savoureux et tendance. J'étais encore assez lucide pour ne pas tomber dans le piège. Tel ne fut pas le cas de mon acolyte, immédiatement emporté par la ligne du pêcheur, venu taquiner le goujon. J'eus tout de même un pincement au cœur. Une larme perla au coin de mon œil.

Soudain, j'aperçus un fringant salmonidé de mon espèce. Il était magnifique, bien charpenté, frais comme un gardon. Son eau de toilette au parfum irrésistible de varech me retournait les sens. Je sentis mon cœur battre la chamade. Cependant, mes complexes refirent surface, je me jugeais plate comme une limande. Non que je me considérasse comme un « thon », comme disent les jeunes truites, mais je doutais de mes charmes, malgré ma peau de pêche. Toutefois, je décidai d'essayer de « pécho ». Avant toute initiative de ma part, il me fit un clin d'œil et je reconnus à ses yeux de merlan frit que j'éveillais son intérêt. Je ne me souvenais pas l'avoir déjà croisé, mais qui sait, avec ma mémoire de poisson rouge… Peut-être aux Naïades, la boîte de nuit du coin, ou à la cinémathèque devant la projection du film *Et au milieu coule une rivière*, avec mon acteur préféré…

Il engagea la conversation :

— Bonjour, mademoiselle, je vous trouve charmante. Je peux vous offrir un ver ?
— Vous habitez par ici, vous bossez dans les environs ? lui répondis-je, méfiante.

Il se mit à rire comme une baleine.

— Non, ça ne fait pas longtemps que je fraie dans les parages. Je ne suis pas encore un requin de la finance, mais petit poisson deviendra grand. J'ai la pêche et j'y crois.

Je songeai immédiatement qu'il y avait là anguille sous roche, il trempait peut-être dans des affaires louches.

— Vous êtes un gros poisson ?
— Disons modestement que j'arrive à sortir la tête de l'eau. Je nage un peu à contre-courant. J'ai une vie de dilettante, je touche à tous les domaines : business, politique, cinéma… Je suis moins connu que l'acteur du film *Moby Dick* de John Huston, c'est sûr, et je n'ai sans doute pas son charisme… La consécration, ce serait d'avoir mon portrait dans *Télé-Tarama*, un jour. Je contribue, à mon niveau, à l'essor de mon pays, même si ça peut paraître une goutte d'eau dans l'océan, vous voyez ?

En mon for intérieur, je me gaussais : « Fichtre ! Quel beau parleur ! Et le lascar excelle dans le “*fishing for compliments*”, selon l’expression anglaise. » Le courant ne passerait certainement pas entre nous.

Je lui fis une réponse évasive pour noyer le poisson. Je ne me laissai pas prendre dans ses filets. On m’opposera que tout le monde a ses petits défauts, qu’il n’y a pas de poisson sans arêtes, mais le genre brasseur d’affaires, qui faisait des pieds et des mains pour réussir, ce n’était pas mon style. Et puis cette façon de me harponner dans l’espace public… Pour moi, cela coulait de source, le mieux était de passer mon chemin.

— Je pourrais vous aider à sortir du ruisseau, insista-t-il, alors que je m’éloignais.

C’était la meilleure, pour qui me prenait-il ? Du menu fretin ? Je n’étais pas si misérable, je ne passais pas mon temps à me la couler douce, moi ! Je travaillais dans l’industrie meunière – eh oui, des truites meunières, il en fallait – et je n’avais nul besoin de ses services. Bien au contraire, j’aurais pu apporter de l’eau à son moulin. Je le vis repartir la queue entre les jambes et cette histoire, j’en suis fort désolée, se termina en queue de poisson !

Pierre Pirotton est né à Liège, en Belgique, en 1957. Marié et père de deux grands enfants, il se définit lui-même comme un lecteur pathologique et sectaire, car il a en effet tendance à se limiter à Paul Valéry, Victor Hugo, Daniel Pennac, Pierre Pelot, Umberto Eco ou encore Edmond Rostand. Il se redéfinira donc, tout compte fait, comme un lecteur pas si sectaire que cela. Sculpteur à ses heures - grinçant violon d'Ingres -, il s'occupe aussi de ses chevaux et de docimologie, discipline qu'il enseigne à de futurs enseignants.

En 2015, Pierre Pirotton a reçu le prix Vedrarias du concours de nouvelles organisé par la municipalité de Verrières-le-Buisson puis, en 2016, le prix de la nouvelle aux Quais du Polar de Lyon. Et quelques autres depuis.

Pierre PIROTTON

QUAND LE VER À BOIS

J'ai toujours détesté les fables et celles de La Fontaine en particulier. Depuis que je suis petit – et, en ce qui me concerne, cela risque de durer pas mal de temps encore –, j'ai toujours haï ces sonorités fades qui ne font qu'onduler les fibres de quelques pupitres d'école lézardés là où les rimes d'Hugo font par contre vibrer des forêts entières. Sans parler de ces morales de catéchisme qui, dans les derniers vers, vous gâchent tout plaisir. À quoi bon vouloir raconter des histoires aux enfants si c'est pour les pervertir ensuite en bridant leur imagination à grand renfort de propos sentencieux. Je veux bien vous concéder que « *pour vivre heureux, vivons cachés* » s'est avéré, en ce qui concerne ma modeste personne, une maxime d'une réelle utilité mais, pour le reste, il faut bien avouer que la fréquentation du vieil Ésope n'a pas eu sur l'ami Jean que des effets positifs. Entendre converser des renards et de boucs, des cigales et des fourmis ou un lièvre et une tortue, croyez-moi, c'est là une maladie qui porte un nom. J'ai fréquenté assez longtemps le divan – un peu bancal depuis – d'un psychanalyste, pour savoir que cela n'a rien d'anodin et que l'abus des vins de Bourgogne n'explique pas tout.

Mais voilà, lorsqu'on n'est qu'une bête, si on veut se faire entendre, il faut parfois recourir à de tels subterfuges. Si vous êtes un chien, un chat, un canari ou un poisson rouge, ce n'est pas nécessaire, il y aura toujours un « maîmaître » qui parlera à votre place. Si vous êtes un panda, un rhinocéros blanc ou un tigre du Bengale, cela ne vous sera pas non plus des plus utiles puisque vous ne manquez pas de porte-parole au sein des organisations de protection des animaux. Mais si, en revanche, le destin ou les égarements de la métempsychose ont fait de vous une mouche à merde, une punaise de lit ou un doryphore, il en sera tout autrement. Greenpeace ou Gaïa n'auront pour vous que du mépris. Aucune adolescente enrubannée dans du lin bio teinté à la betterave, aucun costume trois-pièces en coton peigné éthiquement responsable ne sera là pour assurer votre défense. Un mouton égorgé ou un lapin dépecé, sur une affiche de propagande, cela peut s'avérer efficace pour défendre la cause de leurs amies les bêtes, mais un cafard à demi écrasé sous un escarpin Louboutin risque fort de ne pas produire le même effet.

Alors, un ver à bois, vous vous rendez compte !

À l'heure où la mode est au recyclage, je n'ai plus vraiment la cote. Avec les rats, les chauves-souris et acariens, je fais partie de ces espèces pour lesquelles personne n'objecterait de se voir, un jour, un tantinet réduite la diversité biologique.

J'ai d'ailleurs failli disparaître, il y a quelque temps. Quand ces grands benêts d'élans ont déversé sur l'Europe de pleins traîneaux de meubles suédois en aggloméré plus imbibés de fongicides et d'insecticides qu'un sucre d'absinthe sur le guéridon de Charles Baudelaire, il s'en est fallu de peu que nous disparaissions les uns après les autres et que mon espèce tout entière ne trépasse. Là où passent les élans d'Ikea, les vers à bois ne caravanent pas. Plus un seul lambeau de souche ou de vert bouleau à se mettre sous la dent. Des kilomètres carrés de panneaux stratifiés, blindés à la mélanine, pour unique horizon. Plus une garde-robe, plus une commode, plus le moindre lit où faire son trou.

Nous étions condamnés à l'exil, obligés de fuir ces innombrables foyers qui nous avaient hébergés depuis des siècles, qui nous avaient donné les poutres de leur toit, ouvert les bras de leurs fauteuils en chêne et offert nos planches en pin quotidiennes. Il y a quelques décennies encore, nous aurions pu trouver refuge dans le bardage des navires et voguer vers des terres lointaines non encore ikéanisées, mais l'aluminium, l'acier et le polyester constituaient des barrières infranchissables. Le lignovericide entamé par le géant du meuble et par ses concurrents se poursuivit donc en toute impunité dans l'indifférence générale. C'est à peine si certains d'entre nous parvenaient à se souvenir qu'un jour passé, ils avaient été poussière.

J'ai eu de la chance.

Le secrétaire que j'occupais depuis des lustres a terminé sa vie chez un antiquaire, remplacé au domicile de mes anciens propriétaires par une étagère *Kallax*, hérissée d'angles droits et dépourvue de la moindre imagination, sans le moindre tiroir secret ni la moindre fissure.

Cet homme était un barbu d'exception, aussi poilu que son chat, une sorte de compromis entre Hemingway et le père Noël, des poches sous les yeux, plein son gilet de pêcheur et son pantalon cargo. Comme un magicien à la retraite, il en sortait des bouts de ficelle, des crayons épointés, des lambeaux de papier enfiévrés de phrases incongrues, un rouleau de toile isolante en fin de vie, une paire de ciseaux à bouts ronds échappée de l'enfance et, pour clore momentanément cet inventaire, une de ces flasques gainées de cuir fauve sans lesquelles il n'y a pas de personnage possible dans un récit dont le narrateur est un ver à bois à défaut d'être un verre à boire, ce qui, convenons-en, pourrait paraître parfaitement incongru, même pour un La Fontaine qui, dans ses meilleurs jours, ne s'était jamais aventuré à faire dialoguer Perrette et son pot au lait.

Le tiroir secret ne l'était pas resté longtemps. C'était un homme d'expérience. Il savait où chercher. La cachette n'était guère profonde. Il n'y avait là de la place que pour quelques billets doux, quelques missives brûlantes, de sombres et énigmatiques aveux écrits en caractères de sang ou encore un testament en bonne et due forme. Pourtant, le meuble ne contenait rien de tout cela. L'antiquaire, une fois rangée dans une de ses nombreuses poches la pince-monseigneur dont il venait de faire usage pour crocheter la serrure, déplia la feuille qu'il venait de découvrir. Cette lettre au papier jaunissant avait été rédigée par le premier possesseur de ce scriban. Sa requête était simple. Il demandait simplement aux futurs acquéreurs de ce meuble bicentenaire de traiter dignement la famille de vers à bois qui y avait élu domicile. L'auteur de ces quelques mots avait été un commerçant avisé qui avait fait fortune dans le bois de construction et vouait donc une reconnaissance éternelle aux larves xylophages dont la présence avérée dans les poutres de la toiture contraignait ses clients à renouveler, à plusieurs reprises parfois, la totalité de leur charpente.

Le vieil antiquaire avait été ému par cette requête. Surgis du fond des âges, ces quelques mots, calligraphiés d'une main hésitante, justifiaient à eux seuls des années d'abnégation. Depuis qu'il avait repris l'entreprise paternelle, il luttait contre une clientèle tourmentée jusqu'à l'obsession par le moindre trou de ver à bois. Il avait beau tenter de les persuader qu'il aurait été étonnant, et pour tout dire impossible, qu'un meuble de plus de cent ans ait pu échapper à une telle intrusion, il parvenait le moins souvent à les convaincre. Les meubles en kit, lisses comme une peau de bébé ou comme l'épiderme d'une sexagénaire ravalée au collagène, avaient imposé l'image d'un mobilier aseptisé, sans la moindre griffe ni fêlure, qui rendait les antiquités de moins en moins commercialisables et en avait fait grandement baisser la valeur.

Son père, sentant sa faillite prochaine, avait tenté de se donner la mort en se pendant à la poutre faîtière du toit de son atelier, mais le bois, miné par les vers, avait cédé sous son poids et il s'en était sorti avec deux côtes cassées, abandonnant son commerce à sa progéniture.

Depuis quelque temps, cependant, la situation semblait évoluer favorablement. Confinés entre leurs murs, ils étaient nombreux à s'être lassés, lors des réunions en vidéoconférence, de découvrir un mobilier identique au leur dans les foyers de leurs collègues de travail et ils avaient redécouvert le charme des meubles anciens qui permettaient de voyager un passé où l'uniformité n'était pas toujours de mise.

La demande, ces derniers temps, avait même fini par dépasser l'offre et la réserve de l'antiquaire s'était nettement clairsemée. Il lui fallait renouveler son stock de manière urgente et l'arrivée inopinée dans son magasin d'une dynastique de vers à bois qui avait réussi à traverser les siècles et à résister à des générations d'insecticides de plus en plus virulents lui semblait d'excellent augure.

Il s'était assis au pied du secrétaire et s'adressant au dos du meuble, traditionnellement en bois plus tendre que sa façade, il avait tenté de passer un accord avec nous. Comment aurait-il deviné, vu l'état des planches contre lesquelles il venait de coller ses lèvres nicotinées, que j'étais le seul rescapé de mon espèce à vivre encore ici, entre tenons et mortaises.

Sa proposition était des plus honnêtes. Il ferait tout pour répondre positivement à la requête de l'ancien propriétaire du secrétaire et, en échange, il attendait de nous – et donc uniquement de moi, mais il l'ignorait encore – de contribuer à vieillir le mobilier qu'il nous proposerait. Lui, de son côté, pouvait donner quelques coups, simuler quelques décennies d'usure ou disjoindre un assemblage, mais jamais il ne parviendrait à imiter notre travail.

Jamais personne, depuis la mort de mon commerçant en bois de charpente, ne m'avait parlé ainsi. Ses propos étaient portés par le souffle des grands poètes et je sentais frémir chaque anneau de mon corps. Comment aurais-je pu abandonner un tel homme à son sort ? Mes ancêtres avaient sauvé son père d'une mort certaine. En venant à son secours à mon tour, je m'inscrirais donc dans une tradition séculaire. Je serais le dernier maillon d'un lien intime qui a toujours lié l'ébéniste et le charpentier, le menuisier et le tourneur aux aléatoires dommages du temps qui passe.

Je me mis au travail avec acharnement.

La première semaine, je marquais de mon sceau une paire de chaises en hêtre et une table basse en chêne. La suivante, j'offris le statut d'antiquité à une commode des années soixante et à un guéridon juste un peu plus ancien. Ce fut ensuite le tour des pieds d'un fauteuil Louis-Philippe puis le plateau d'un bureau d'après-guerre.

Refusant de trahir la confiance qu'il avait placée en moi, je m'épuisai peu à peu à la tâche, laissant derrière moi cette poussière vers laquelle, à ce rythme, j'allais irrévocablement, et dans un proche avenir, me transformer définitivement.

Lui-même, de son côté, ne semblait plus en grande forme. Contraint à parcourir les brocantes dès l'aurore, sous la neige ou la pluie, il y avait perdu son souffle, écourté déjà par les cigarettes qu'il brûlait par les deux bouts.

Ce matin-là, il s'assit sur le tabouret de traite qu'il venait de confier à mes soins. Il paraissait à bout de forces. Il parlait de son père, des ciseaux à bois qu'il lui faudrait aiguiser et d'une garde-robe dont les portes, dégondées, lui donnaient bien du mal.

Si j'ai bien compris, nous avons dû rendre l'âme à la même seconde. Moi dans son tabouret et lui dessus, soudain figés, l'un et l'autre, par la mort qui faisait ainsi d'une pierre deux coups.

Je ne sais si lui s'est réincarné en un de ces chats qu'il aimait tant, mais comme les félins ont neuf vies, ils pouvaient bien lui en confier une. Bien sûr, pour la forme, ils ont inhumé sa dépouille dans un cercueil de sapin, au bout de l'allée huit de la section quatre d'un cimetière à flanc de colline et à la terre humide. Là, d'autres vers prendront soin de lui. Je lui en avais fait la promesse.

Moi, je me suis réincarné en antiquaire, ce n'était que justice. Eux aussi, comme les meubles qu'ils revendent, ont souvent plusieurs vies.

Anaïs Delhorbe voit le jour à Vienne, le 12 février 1996. Amatrice d'art, l'auteur voue une passion à la lecture grâce à des auteurs comme Charles Dickens, Marcel Proust ou encore Agatha Christie, et commence l'écriture d'un premier ouvrage lors de ses 21 ans. Ce dernier, inspiré du travail de Philippe Delerm, s'intitulera *Le Temps d'une errance*.

Anaïs DELHORBE

TU SERAS TOUJOURS MON INSÉPARABLE…

Elle avait cette odeur si particulière de talc et de savon parfumé à la rose, un brin d'exotisme incarné dans une douceur même. Elle sentait les loukoums et les gelées de fruits translucides que lui préparait sa grand-mère dans les fraîcheurs dominicales. Elle portait souvent ce petit caraco de flanelle d'un rouge écarlate et cette jupe longue et verte comme les forêts de pins.

Je l'appelais mon inséparable.

Mon inséparable et moi avions toujours vécu ensemble, d'aussi loin que je m'en souvienne. D'aussi loin que je fisse déjà alors mes premiers pas sur le vieux parquet lustré. Moi, je sentais le bonbon mentholé à l'eucalyptus, une odeur plus prononcée et plus entêtante. Elle était la douceur, j'étais le pilier, protecteur et inébranlable.

« 33 000 roupies, voilà de quoi entrevoir enfin le voyage d'une vie ! » m'avait lancé un soir la douce inséparable.

Elle portait sur son visage le masque de l'innocence, le teint timoré. Des taches de rousseur recouvraient ses joues comme les étoiles éparses d'une nébuleuse. Mon inséparable, au « plumage » rouge de part et d'autre de ses yeux. Je n'avais connu qu'elle et elle n'avait connu que moi.

Notre rencontre avait été d'une intensité fulgurante, comme une averse en plein mois de juillet.

« Un thé des sages, s'il vous plaît. »

Une petite femme aux boucles ambrées s'était avancée vers moi. Après quelques pas précipités, elle m'avait montré du bout des doigts le petit écrin noir bordé de rouge sur lequel on pouvait lire les inscriptions suivantes :

« Thé noir, thé vert, thé vert au jasmin, pétales de fleur, arômes (bergamote, vanille). Infusion : 4-5 min. Température : 90 degrés. »

Je portais ce jour-là, je me souviens encore, cette chemise à fleurs bleues bien trop grande pour moi et qui semblait occulter parfaitement mes squelettiques abattis.

« Vous devez faire erreur, ma chère dame, je ne travaille pas dans ce café », lui avais-je alors répondu.

Elle m'avait regardé, confuse. Ses yeux étaient emplis d'une incompréhension soudaine, les joues à demi gonflées comme pour y laisser se terrer toute cette honte. Elle s'était dirigée vers le serveur et lui avait commandé une tasse de thé. Elle avait regardé longuement la carte vissée derrière le comptoir et après quelques secondes d'hésitation, elle avait demandé une part de tarte aux noix de pécan. Je lui avais proposé de partager ma table et nous étions restés là des heures à discuter. Derrière ces embruns de rose que je découvrais ce jour-là pour la première fois, se révélait à moi mon inséparable.

Avec elle, c'était le temps insouciant, le temps des longues balades, des promenades matinales sur le Vieux-Port où nous contemplions les yeux pleins d'émerveillement, les centaines de vitrines affriolantes. C'était le temps des éclats de rire, des regards complices et des mains entrelacées. Nous avions regardé les nuages ensemble, perchés du haut des nacelles des grandes roues mécaniques. Nous avions déballé maints cartons et visité maintes maisons, nous nous étions quelquefois perdus, mais souvent retrouvés, avec cette même ardeur qui faisait nos premiers amours.

Aujourd'hui, nulle amertume à la remémoration de ces souvenirs ne semblait venir rompre ma quiétude. Pourtant, mon inséparable était partie. La vie m'avait arraché à elle dans une douleur lancinante inavouable et il m'avait fallu beaucoup de temps et de courage pour accepter cette vérité.

Une chose bien plus petite qu'elle était venue comme un ouragan bousculer le calme de notre battement d'ailes. J'étais resté là à son chevet, la main posée sur la couverture froissée et impersonnelle de l'hôpital, les yeux remplis de larmes et le cœur comprimé. Et dans un silence suspendu et immobile, je lui avais chuchoté d'un murmure si faible qu'elle seule avait pu entendre :

« Tu seras toujours mon inséparable. »

Je suis native et je vis dans une région de Belgique que j'affectionne particulièrement, celle de Huy.

Passionnée de littérature, et poussée par quelques proches, j'ai repris la plume que j'avais abandonnée il y a plus de 30 ans. Depuis, trois ouvrages ont été publiés chez Edilivre.

Nadine MATTART

LA ROUTE DU LOUP

Le soleil se couchait à peine ce soir-là, lorsque je m'étais aventuré jusqu'aux maisons entre lesquelles je me faufilais subrepticement, jusqu'au terrier de l'homme, l'animal le plus dangereux du monde, l'homme, le pire des prédateurs. Le ciel, noir sur déclinaison de gris foncé, semblait vouloir s'enflammer pour s'ouvrir sur un enfer en consomption pour l'éternité. Les ombres de la nuit m'enveloppaient délicieusement et personne ne pouvait me voir, il était impossible de me deviner.

Au moindre bruit, je stoppais ma lente progression pour m'immobiliser et fermer les yeux afin qu'on ne puisse pas me repérer. Au loin, je percevais le hululement sinistre de la mère chouette tandis que la vache meuglait sous la douleur de la mise bas de son veau masquant la voix du fermier qui l'encourageait alors que la basse-cour commençait à s'agiter dans le poulailler.

Goupil le renard rôdait, je l'avais croisé plus haut dans la grande rue, mais je ne m'étais pas manifesté, je n'étais pas là pour le chasser, pas ce soir. Je pensais à mes petits, morts de faim parce que privés de leur mère qu'ils avaient vue mourir sous leurs yeux affolés, prise au piège, hurlant de douleur. Elle s'était débattue jusqu'à la dernière goutte de vie qui coulait dans son corps meurtri, jusqu'à son dernier cri et, en un ultime râle, elle avait soufflé en expirant : « Je vous aime, mes petits », les yeux injectés de sang, grands ouverts sur le monde qui la privait du droit d'exister. Je haletais, j'avais chaud et l'angoisse me submergeait à présent de son étreinte, ma progression s'était ralentie. Je m'étais assis dans un coin épargné par la lumière éclatante des réverbères, je m'étais assis, pensif, regardant de mes yeux jaunes l'astre mort illuminant indirectement le monde de la nuit, ce monde qui, désormais, était mien. Subitement, un vent tiède s'était levé, soulevant les poussières qui tapissaient le sol chauffé par le brûlant soleil du jour, les faisant tournoyer à perte de vue vers le mystérieux empyrée pour les laisser retomber ensuite et les rendre à la terre à laquelle elles appartenaient.

Le nez en l'air, j'étais aux aguets. Mes tympans étaient à l'affût du moindre bruit. J'avais repris ma route, lentement, mais déterminé à accomplir le dessein que je m'étais fixé en quittant la forêt. Jamais je ne m'étais senti aussi seul de toute ma vie, toute cette vie qui défilait devant mes yeux. Je me revoyais aux côtés de ma compagne, celle qui aurait dû marcher avec moi sur le chemin qui menait à la montagne Liberté, là-haut. Je nous pressentais parvenir au sommet de celle-ci, dans la plénitude du devoir accompli, et une fois le pinacle atteint, nous serions allés cueillir, ensemble, la fleur de l'amour, éclose en secret dans la rosée du matin de l'espérance sous un ciel paisible, et je venais de la perdre à jamais, plongeant dans le gouffre du désespoir, le gouffre qui avait aussi englouti mes trois petits.

Que pouvais-je encore espérer aujourd'hui ? Je m'approchais du centre du village. Les moutons avaient été rentrés dans les étables afin de les protéger des prédateurs.

Je m'étais arrêté quelques instants devant chaque porte, mes oreilles les entendaient s'énerver dans leur enclos, je sentais leur odeur pénétrer mes narines et un mince filet de bave coulait à la commissure de mes lèvres charnues. Le vent sifflait à présent en s'engouffrant entre les murs des maisons alignées en rang d'oignons, et filait secouer spasmodiquement les grands arbres, sans égard pour la magnificence de leur feuillage, dont il arrachait des lambeaux pour les jeter avec mépris sur le sol que je foulais. L'orage arrivait, je le sentais. Le tonnerre, lointain encore, laissait son grondement sourd courir au-dessus d'une campagne endormie tandis que quelques chiens s'étaient mis à aboyer nerveusement. Je levai de nouveau la tête, le nez très haut, humant ainsi plus aisément la multitude d'odeurs, jusqu'à la plus subtile d'entre elles. Je n'avais pas encore découvert l'homme que je cherchais.

Un bruit de moteur parvenait à mes oreilles, j'avais de nouveau stoppé ma marche, tapi contre le mur d'une maison, me fondant dans les ombres des ténèbres. Une voiture venait de me dépasser alors qu'un éclair fendait subitement le ciel, déchirant la nuit de son éclat. J'avais sursauté lorsque le tonnerre avait roulé dans l'air devenu soudainement étouffant, comme si le son avait aspiré, en une fraction de seconde, tout l'oxygène de l'atmosphère. Je devais débusquer cette bête qui avait odieusement exterminé ma famille. Je voulais la voir en face de moi, je voulais la voir se repentir, je voulais voir ses larmes couler. La haine n'avait jamais fait partie de ma vie, lorsque je partais à la chasse et que je tuais, c'était uniquement pour me nourrir.

Cet homme avait trucidé pour son plaisir, le plaisir de voir la mort à ses pieds, le plaisir de sembler dompter l'existence. De grosses gouttes s'étaient mises à tomber sur le sol et s'évaporaient presque immédiatement à son contact annonçant la pluie qui allait tomber sous l'impulsion d'une nature en colère. En quelques minutes, le déluge m'avait trempé jusqu'aux os et, afin de m'en protéger quelque peu, j'avais été contraint de me réfugier sous un abri de bus. Je ne savais pas depuis combien de temps j'avais été dans l'obligation d'attendre que la nature se calme, car, fatigué, je m'étais assoupi, il me semblait que j'avais marché si longtemps ! La pluie avait détrempé la route et je craignais de ne pas repérer la trace de l'homme que je cherchais. Son rire tonitruant me revenait en mémoire, ce rire qui l'avait secoué lorsque ma compagne avait expiré en un dernier cri, ce rire ne me quitterait jamais, ce rire demandait vengeance. J'avais quitté l'abri et j'avais repris ma marche.

Le peu de temps de repos que je venais de prendre n'avait pas suffi à calmer les douleurs musculaires qui se diffusaient un peu partout dans mon corps, engendrant une souffrance qui rappelait à ma mémoire le chagrin que je ressentais, le désespoir qui m'envahissait et la raison pour laquelle je me trouvais sur ce chemin, en pleine nuit de tourmente alors que j'aurais pu être chez moi, entouré de l'affection des miens, moi qui d'ordinaire étais si paisible. Je venais d'arriver devant la barrière d'un jardin, tout était gris autour de moi.

L'orage s'éloignait et la pluie avait cessé, seules quelques bourrasques me rappelaient la fureur dont venait d'être saisie la nature malmenée par l'homme. J'avais sauté par-dessus la barrière. Mon regard avait parcouru les fenêtres et j'avais alors aperçu l'homme que je cherchais à débusquer. Je venais de débusquer l'homme qui avait exterminé les miens. Je le voyais marcher dans son antre, l'antre de la bête. Alors, me dressant sur les pattes arrière, j'avais crié dans un hurlement sinistre.

« Sors de ta tanière, l'homme ! »

Immédiatement, il avait ouvert la porte de sa tanière et était sorti pour se dresser devant moi, à environ trois mètres. Toujours debout, de toute la hauteur de mon mépris, j'avais poursuivi mon discours.

« Tu as assassiné ma famille : ma femme et mes enfants. Je te méprise pour ton barbarisme. Repens-toi !

— Je n'ai rien fait de mal, j'ai protégé ma famille. »

L'homme tremblait à présent alors que je le fixais intensément de mes grands yeux jaunes qui commençaient, sous l'impulsion d'une rage à peine contenue, à virer au rouge. Sur lui, j'avais alors tendu une patte vengeresse, tout en découvrant des crocs impressionnants. Apeuré, il avait reculé. Je m'avançais dans sa direction, je ne le craignais pas.

« Prosterne-toi, je te l'ordonne ! »

Et l'homme s'était agenouillé pour se retrouver à quatre pattes devant moi. Il devenait la bête qu'il dissimulait en lui tandis que je me sentais envahi d'une puissance qui m'était inconnue jusqu'ici. Lentement, l'homme s'était mis en mouvement et quelle n'avait pas été ma surprise lorsque je l'avais vu évoluer à quatre pattes ! J'avais alors commencé à progresser vers lui en marchant étrangement sur deux pattes, la colonne vertébrale à la verticale. J'avais regardé mes bras imberbes et mes griffes n'étaient plus que de longs doigts qui, en palpant mon visage, découvraient un museau plat, une face humaine. J'avais alors tourné les yeux vers l'endroit où l'homme se tenait et j'y avais découvert… un loup.

Nos regards s'étaient croisés et l'animal avait fui. J'avais regagné la maison où je m'étais installé avec une femme et des enfants que j'allais apprendre à connaître, je devais assimiler ma nouvelle condition, quittant le règne animal pour celui d'humain, nouvelle condition qui me permettrait de vivre une vie d'homme tandis que le loup ayant pris ma place était irrémédiablement devenu un animal errant.

Jany Bonnard est née à Marseille, mais réside depuis plus de vingt ans dans le pays de Jean Giono à Manosque. L'écriture, la chanson et la peinture sont ses trois principales passions. Elle s'occupe d'enfants en situation de handicap en milieu scolaire où elle anime également des ateliers (origami, dessin). Depuis une quinzaine d'années, elle s'est spécialisée dans l'écriture de nouvelles (courtes et longues). En novembre 2020, elle reçoit le premier prix à l'unanimité du jury avec sa nouvelle courte *Le Temps des secrets*, au festival Étend'art à Manosque. En septembre 2020, elle termine parmi les 5 lauréats d'un concours international de poésie organisé par la FAM et CALAF avec son poème « Naya ».

Jany BONNARD

MERTEEC.COM

Je m'appelle Jaracanda et je suis un énorme barracuda solitaire et un peu dépressif, je voyage dans les eaux troubles de mon royaume océan à la recherche de l'amour.

Pour avoir plus de chances de trouver ma moitié, je me suis inscrit sur merteec.com, mais les photos de mon profil font fuir les prétendantes, il faut dire que mes yeux exorbités me donnent un air dangereux et ma mâchoire sécateur n'encourage pas au baiser.

Ma réputation de solitaire me pèse aujourd'hui et grâce aux réseaux sociaux, j'ai beaucoup plus d'amis, certes, tout est virtuel, mais cela me distrait énormément.

Mais à vous, je peux le dire, depuis quelque temps j'ai une nouvelle abonnée qui répond au doux nom de Limandella et elle me plaît énormément. Dès que je rentre le soir me mettre à l'abri dans mon récif, nous conversons grâce à Merteec et ma petite princesse semble très intéressée par ma personne.

Évidemment, je n'ai pas mis ma véritable photo, mais celle d'un ami à moi très bien de sa personne, toujours très chic et élégant dans son costume d'écailles argentées et doté d'un frétillement princier.

Pour ma part, j'ai fait défiler les photos de ma belle et je suis sous le charme de sa bouche fine et bien dessinée, son bronzage tacheté, son regard noir et profond, sa robe d'écailles est ourlée d'une dentelle d'arêtes qui la rend inaccessible et encore plus désirable.

Nous avons tellement de choses en commun, elle et moi, que j'en oublierais presque que notre histoire est basée sur un gros mensonge. Et ce soir, c'est panique à bord, la belle veut me rencontrer.

Un message privé où elle me donne rendez-vous derrière l'embarcadère sous le gros rocher des Sirènes, un lieu de rencontres très prisé par tous les célibataires du port.

J'essaie d'obtenir un rendez-vous dans un endroit un peu plus discret, du style la grotte de Neptune qui se trouve en pleine mer et assez éloignée de la côte, donc beaucoup plus déserte, mais elle refuse catégoriquement en prétextant les faux profils qui ne cherchent pas vraiment l'amour, mais juste l'ivresse des profondeurs.

Bien sûr, je me sens tout de suite concerné, mais pour ma part, seule ma photo de profil est usurpée et pour le reste, mes sentiments sont sincères.

Avec ma face monstrueuse, comment lutter dignement contre tous les prétendants abonnés à la page de ma jolie sirène ? Elle n'a que l'embarras du choix pendant que je nage à contre-courant.

Pourtant, malgré mon faciès repoussant, je ne perds pas l'espoir de séduire Limandella, peut-être qu'elle n'est pas comme les autres, peut-être que le physique est secondaire pour elle, et surtout je crois très fort que nos échanges et notre complicité sur la toile de mer ne peuvent pas se briser avec le ressac.

Je lui donne donc mon accord pour le lendemain au rocher des Sirènes, et je passe la plus mauvaise nuit de ma vie, dans mon lit de rochers, impossible de trouver le sommeil, je tourne inlassablement sur moi-même jusqu'à me donner le mal de mer et à vomir mon repas du soir, une belle brochette de rillettes de sardines aux algues fraîches.

Cela ne présage rien de bon pour notre rendez-vous à venir, je vais afficher un teint verdâtre et un œil glauque, et la belle va être doublement effrayée.

Mais comment faire ? Il me faut à tout prix briser cette solitude qui pèse si lourd et m'entraîne vers les fonds marins dans un tourbillon que je ne maîtrise plus du tout.

Je me retrouve face contre sable à faire des bulles et boire la tasse un peu trop salée à mon goût, et je dois absolument remonter à la surface pour respirer.

Demain sera un autre jour et je finis par m'endormir, une photo de Limandella entre mes nageoires, il faut que je commence à m'habituer à sa présence si je veux être opérationnel le jour J.

Nous y sommes, le soleil vient tout juste de trouer les profondeurs bleues de mon territoire que déjà je fais des étirements sur le sable fin de mon jardin, il faut que j'évacue le stress qui bloque mes branchies, je souffle et je suffoque en lâchant une multitude de bulles légères qui remontent à la surface pour mourir étouffées dans une écume blanche et bouillonnante.

Me voilà caché sous un récif à quelques centaines de mètres du rocher des Sirènes, j'attends ma princesse qui ne devrait pas tarder, il y a déjà quelques couples clandestins qui se forment discrètement.

Et voilà que tous les mâles frétillants du coin n'ont d'yeux que pour ma Bella qui vient d'arriver dans un déhanchement gracieux, elle est encore plus belle que sur les photos, et de peur de l'effrayer, je recule précipitamment sous un bouquet d'algues rafraîchissantes.

Je ne sais vraiment pas comment m'y prendre pour aller à l'abordage de la désirable et scintillante demoiselle qui occupe toutes mes pensées, d'autant plus que de nombreux prétendants nagent autour d'elle dans un ballet frénétique qui me rend fou de jalousie.

Elle s'est accoudée au comptoir du bar « Le Nautique » et paraît un peu perdue au milieu de tous ces mâles à l'affût, cependant, aucun ne semble l'intéresser vraiment et je suis persuadé qu'elle n'attend que moi.

Fort de cette vérité, j'en oublie ma face monstrueuse et je me dirige tel un conquérant vers le comptoir taillé dans la roche, je commande un bloody marine que je bois cul sec afin de me donner le courage nécessaire pour accoster la belle.

L'alcool aidant, je me sens pousser des ailes et d'un coup d'arêtes magistral je me retrouve face contre face avec ma dulcinée, je me présente sans les précautions d'usage et c'est tout de suite panique à bord.

La belle affolée s'enfuit en hurlant, direction la grotte de Neptune, et je comprends avec effroi qu'elle est comme toutes les autres. Alors, pris d'une frénésie incontrôlée, je pars en chasse et la rattrape avec facilité, je répète inlassablement dans ma tête « À L'abordage » et ma mâchoire sécateur se referme dans un claquement sinistre laissant place à un grand silence de mort.

Le chemin du retour se fait le cœur vide, mais le ventre plein. À peine arrivé, je me branche sur Merteec.com pour effacer tous les indices compromettants. Tiens, ça clignote…

Une nouvelle abonnée qui répond au tendre pseudo de Sardinella…

J'habite dans le nord de la Charente-Maritime, avec ma compagne et nos six enfants âgés de trois ans à dix-neuf ans. J'enseigne à de jeunes élèves et j'assure la direction de mon école.

Inspiré le plus souvent par des situations quotidiennes vécues, j'écris depuis quelques années des nouvelles, pour mon plaisir et pour m'évader. J'ai aussi publié à compte d'auteur un roman (genre western). Je participe à des concours de nouvelles seulement depuis quelques mois.

Le reste du temps, je cours derrière un ballon de rugby avec mes coéquipiers, je jardine et bricole, je passe beaucoup de temps dehors - d'autres façons de me vider l'esprit - tout en profitant de mes proches.

Olivier MORGADE

LES TRIBULATIONS DE PIE, HIRONDELLE, CORBEAU ET MERLE ME RENDANT VISITE

Voici comment et pourquoi Pie, Hirondelle, Corbeau et Merle me rendirent visite pour me demander conseil.

Dans la nuit des temps, alors que l'océan n'était qu'Un et les terres émergées n'étaient qu'Une, alors que les volcans crachaient leur furie rouge et que les sols tremblaient plus souvent que les feuilles des arbres dans le vent, alors que les tempêtes majestueuses façonnaient les côtes et que les pluies de comètes inondaient les déserts, Hirondelle, Pie, Merle et Corbeau se partageaient les cieux.

Tous quatre, savais-je, aimaient à se réunir dans une grotte haut perchée, à flanc de montagne, à l'abri des éléments. Ils devisaient, autour d'un bloc de roche plat leur servant de table, sur le monde et ses vicissitudes. Pie, debout et frappant le sol de sa marche saccadée, le bec grand ouvert et les yeux brillants, râlait contre les bouleversements que la Terre leur imposait dans ses évolutions et changements ; Merle, quand il s'exprimait, ne pouvait rester en place et tournait autour de ses trois compagnons, montait sur le socle rocheux, en descendait en exécutant quelques pirouettes, tout en annonçant ses opinions ; Hirondelle était la plus silencieuse, ne s'exprimant qu'à coup sûr, comme si son corps fluet limitait ses capacités d'expression ; *a contrario*, Corbeau voulait toujours avoir le dernier mot et ponctuait ses discours virulents en frappant le rocher. Les échos de leurs paroles fusant de leurs becs se propageaient dans toute la grotte et ajoutaient à la cacophonie ambiante. Quand la discussion arrivait à son terme, ou que le temps rappelait l'un ou l'autre à ses obligations, chacun se levait du petit rocher qu'il s'était attribué, puis tous, dans un ensemble harmonieux, couraient pour se jeter dans le vide, tête en avant. Le vent de leur chute filait sur leurs corps emplumés, et, tendant leurs bras, ils redressaient ensuite leur course pour planer dans les tourbillons de vent que la montagne générait. C'était pour tous quatre une véritable griserie dont ils ne pouvaient se passer. Ensuite, ils se séparaient et filaient dans des directions différentes.

Un jour, réunis de nouveau dans la grotte de la montagne, Corbeau, Merle, Hirondelle et Pie se disputèrent, comme cela leur arrivait parfois. Ils n'arrivaient pas à se mettre d'accord pour savoir qui des quatre était le plus aérien, avait le plus beau et le plus gracieux des vols, maîtrisait le mieux le vent et ses malices. Même Hirondelle, d'habitude réservée, ne tint pas en place et invectiva ses camarades, debout devant eux.

— Que dites-vous donc, vous trois qui êtes si lourdauds ? Mon vol est fluide, je plane et change de direction comme je le veux. Ne m'avez-vous jamais vue voler ?

— Certes, certes, lui répondit Corbeau, mais dans le vent tempétueux, tu te fais emporter comme une brindille, tandis que moi, je résiste, je ne suis pas soumis.

— Tu n'es pas soumis, nous pouvons l'entendre, mon cousin, dit la pie. Tu te joues du vent, tu épouses ses rafales qui semblent t'ignorer. Mais moi, je vole droit, en belles vagues ondulantes, d'arbre en arbre et de pierre en pierre. Qui de vous peut voler plus élégamment que moi ?

— Mais vous vous méprenez tous, mes amis ! Toi, Hirondelle, tu ne peux risquer de trop souvent te poser au sol. Toi, Pie, quand tu décolles, tu es si peu gracieuse ! Et toi, Corbeau, que de lourdeur dans ton vol aux battements d'ailes si lents ! Moi, je décolle vite, je vole vite, je file en tous sens.

La discussion dura à n'en plus finir. Finalement, ce n'est pas par sagesse, mais par lassitude qu'ils décidèrent de trouver un moyen de se départager. Au fond d'eux-mêmes, chacun savait que la question n'avait, en soi, pas beaucoup d'importance. Mais l'orgueil dépassait leur raison, ce que personne, ni Pie, ni Merle, ni Corbeau, ni Hirondelle, n'aurait avoué.

— Trouvons quelqu'un pour nous départager. Quelqu'un de sage et de malin et d'intelligent, qui saura donner un avis juste et impartial. Je pense à notre ami Éléphant.

— Éléphant, Merle ? Laisse-moi rire ! Crois-tu vraiment qu'il soit à la hauteur ? Moins aérien que lui, il n'y a pas, jacassa Pie. Par contre, Singe, même s'il ne vole pas, connaît l'air et les cabrioles, et c'est un malin.

— Malin, oui, mais trop peu sérieux pour lui demander son avis. Lion sera bien plus à notre écoute, croassa Corbeau.

— Lion qui dort toute la journée ? Comment peux-tu penser à lui ? Allons questionner Renard, plutôt.

— Es-tu folle, Hirondelle ? s'écrièrent les trois autres en chœur. Il est tellement malin qu'il finira par nous croquer tous autant que nous sommes.

— Nous pourrions trouver quelqu'un pour nous dire qui est le plus malin et le plus sage et le plus intelligent parmi Lion, Renard, Singe et Éléphant, suggéra Merle.

— Et ensuite, si nous ne sommes pas d'accord pour trouver qui dira qui est le plus malin et le plus sage et le plus intelligent parmi Lion, Renard, Singe et Éléphant, il faudra trouver quelqu'un d'autre pour décider ! railla Corbeau. Tirons au sort, et nous irons voir Éléphant, ou Singe, ou Lion. Ou renard…

— Oui, c'est une bonne idée. Que chacun ramasse un petit caillou. Il faut qu'ils soient bien différents pour qu'il ne puisse pas y avoir d'erreur quand je tirerai au sort.

— Et pourquoi donc serait-ce toi qui tirerais au sort, Merle ? J'en ai autant le droit que toi !

— Ce sera moi, car j'ai eu l'idée des cailloux. Je les lancerai et ils rouleront jusqu'au seuil de la grotte, et le caillou qui finira sa course le plus près du précipice, sans y tomber, désignera l'ami qui nous départagera.

Chacun ramassa une petite pierre ronde, et Merle les lança et elles roulèrent ensemble. La pierre me désignant, moi Singe, s'arrêta au bord du seuil de la grotte. Pie en fut bouffie d'orgueil et jacassa à tout-va, tandis que ses comparses se jetaient déjà dans le vide.

Je vivais loin. Hirondelle fut la première à me rejoindre. Je jouais et cabriolais alors dans les arbres. Hirondelle attendit ses camarades, qui arrivèrent bien après elle, exténués par leur long vol.

— Bonjour, Singe ! m'appela Hirondelle. Nous te cherchions.

— Bonjour, mes amis ! répondis-je. Vous avez l'air bien fatigués, dites-moi ! Quelle urgence me vaut le plaisir de votre présence ici après un si long périple ?

— Nous aimerions te demander conseil. Nous connaissons tous ta sagesse, me flatta Hirondelle. Accepterais-tu de nous écouter ?

— Hmmm, suivez-moi. Nous serons plus à l'aise chez moi.

Je descendis des branches puis menai toute la troupe jusqu'à un baobab au tronc creux qui me servait de demeure. Maître des lieux, je m'assis, cela va de soi, dans mon fauteuil préféré et laissai mes amis s'installer à leur guise, qui à même le sol, qui dans un fauteuil, qui sur un confortable pouf.

— Je vous écoute, en quoi puis-je vous être utile ?

— Nous n'arrivons pas à nous départager, dit Corbeau.

— Oui, de loin, j'ai le vol le plus gracieux, mais ces trois-là ne peuvent l'entendre, pérora Merle.

— Ton vol n'est pas plus gracieux que celui d'une feuille emportée par le vent, le tança Pie. Je suis bien plus à l'aise dans l'air que tu ne l'es. Que vous ne l'êtes tous.

— Que dis-tu donc, Pie ? As-tu déjà volé aux altitudes qui sont les miennes ? Accompagne-moi un jour, et tu comprendras le froid, le vent et l'air rare, se moqua Corbeau.

— Vous n'y êtes pas, les coupa Hirondelle. La vitesse compte avant tout. Qui de vous peut voler plus vite que moi ? Regardez, je suis arrivée chez notre ami Singe bien avant vous !

— Ce n'est pas d'arriver le premier qui compte, siffla Pie. Tu ne sais m…

— Je vois, je vois ! les interrompis-je. Sachez que de chacun d'entre vous, je connais déjà les qualités de vol. Toi, Pie, je sais que ton vol est régulier, souple, dis-je en la regardant.

— Oui, c'est ça, c'est moi, tu as raison.

— Toi, Hirondelle, tu voles et vires promptement. Toi, Merle, tu es vif aussi et capable de te rendre où tu veux aussi facilement que tu le veux. Quant à toi, Corbeau, tu maîtrises les hauteurs et te joues du vent.

— Tu nous connais bien, en effet, intervint Merle.

— Je vous connais tellement bien, voyez-vous, que je ne peux vous départager sur la qualité de votre vol. Laissez-moi la nuit pour réfléchir.

Le lendemain matin, je réunis Pie, Merle, Hirondelle et Corbeau. J'avais réfléchi toute la nuit et annonçai à mes invités que, puisque je ne pouvais les départager à partir de la qualité de leurs vols, je devais les départager à partir d'autres atouts.

— J'ai donc prévu quatre épreuves qui me permettront d'en savoir plus sur vous. Écoutez bien. Voici la première épreuve. De l'autre côté de la rivière se trouve un grand noyer plein de noix. Allez en chercher jusqu'à remplir ce bocal. Brisez-les et ne rapportez que les cerneaux, je n'ai que faire des coquilles.

— Mais c'est impossible, protestèrent d'une seule voix Merle, Hirondelle et Pie, tandis que Corbeau s'envolait déjà. Nos becs ne sont pas assez larges !

Corbeau travailla intensément. Haut dans le ciel, il lâchait chaque noix au-dessus d'un rocher. La coquille s'y brisait, et mon bocal se remplit petit à petit de cerneaux.

— La première épreuve a été indubitablement remportée par toi, Corbeau ! Voici la deuxième épreuve, mes amis. Écoutez bien. Cette carafe est vide, qui de vous sera capable de la remplir ?

À peine avais-je fini ma phrase qu'Hirondelle se sauvait vers la rivière, et dans un vol rasant, y préleva un peu d'eau dans son bec, qu'elle versa ensuite dans le récipient. Les autres, voyant la vitesse à laquelle travaillait Hirondelle, abandonnèrent vite. Petit à petit, ma carafe se remplit d'eau rapportée par Hirondelle.

— Sans conteste, cette deuxième épreuve a été remportée par toi, Hirondelle ! Voici la troisième épreuve, mes amis. Écoutez bien. Voyez cette assiette, comme elle me fait pitié. Car, d'habitude, elle est pleine de vers. Qui de vous saura la remplir ?

— C'est un travail pour moi ! s'enthousiasma Merle, qui partit en émettant de joyeux trilles.

La journée touchait à sa fin, quand Merle finit par rapporter son dernier ver. Hirondelle, Pie et Corbeau l'avaient regardé faire, bien impuissants devant sa dextérité.

— Tu as gagné, sans aucun doute possible, cette troisième épreuve, Merle ! dis-je dans la nuit tombante. Voici l'ultime épreuve. Écoutez bien. Il fait presque nuit, bientôt nous n'y verrons goutte. Qui de vous sera capable de nous éclairer ?

Je vis le regard de Pie se mettre à briller, comme brillaient les lucioles qui volaient dans l'air doux du soir. Elle s'envola joyeusement, et en d'incessants allers-retours, emplit un bocal de lucioles brillantes.

— Tu as gagné de manière incontestable cette dernière épreuve, l'informai-je. Mes amis, je suis bien ennuyé, je ne puis toujours pas vous départager, puisque chacun d'entre vous a gagné une épreuve. Laissez-moi réfléchir.

— Fais vite, il nous tarde de connaître ton avis, Singe ! me dit Merle.

Je pris tout mon temps, savourant par avance la suite, puis annonçai une ultime épreuve.

— Mes amis, sortez de mon logis, mais restez à proximité, debout, que vous m'entendiez et que je vous entende, sans que vous puissiez me voir. Une fois dehors, vous chanterez. Le plus beau chant désignera le vainqueur. Commence, Corbeau !

Corbeau gonfla son torse puis commença son chant, rauque, monotone et monocorde.

— Ah, Corbeau, arrête ! Veux-tu que je perde mes oreilles ! lui criai-je. À toi, maintenant, Hirondelle !

Hirondelle lança quelques cris stridents, que je fis interrompre rapidement. Puis ce fut le tour de Pie, dont le chant ressemblait à celui de Corbeau. Enfin vint le tour de Merle, que je m'étais réservé pour la fin…

— Continue, Merle, ton chant dans le crépuscule est beau et me ravit, l'encourageai-je.

Merle poursuivit sa ritournelle, jusqu'à ce que j'invitasse mes amis à me rejoindre dans le creux du tronc du baobab, que les lucioles éclairaient.

— Ah, chers amis, que vous m'avez régalé ! rigolai-je. Grâce à toi, Corbeau, j'ai fait bombance de noix bien grasses, je ne saurais comment t'en remercier. Et toi, Merle, tu as su m'apporter les meilleurs vers que j'aie jamais mangés. Quel régal ! Avec l'eau d'Hirondelle pour me désaltérer, et éclairé par les lucioles que tu as rapportées, Pie, le tout sous tes chants mélodieux, Merle, ce fut une douce et agréable soirée. Merci encore, mes amis.

— Mais, mais, mais ! Tu t'es joué de nous ! s'offusqua Merle !

— Voyez-vous, dis-je lentement en regardant chacun à tour de rôle, peu me chaut de savoir qui de vous quatre vole le mieux ou le plus gracieusement, qui de vous quatre chante le mieux ou qui de vous quatre est le plus beau ou que sais-je encore. Croyez-vous que cela changera votre vie ou la mienne ? Laissez un peu votre orgueil de côté et profitez de la vie !

Se sentant flouée, Hirondelle partit loin, très loin, si loin qu'elle ne revint chez elle qu'après une longue absence. Et le souvenir amer du tour que je lui avais joué la poussait à repartir régulièrement pour d'autres contrées éloignées.

Corbeau, l'œil noir, décida de vivre en solitaire, loin des autres, en mal-aimé, et ne revint plus jamais me voir.

Merle, au moment où il comprit ma ruse, de stupéfaction, ouvrit si grand les yeux que la lumière des lucioles s'imprégna sur leurs contours en deux cercles jaunes. Il partit en lançant quelques notes hystériques, jurant qu'on ne l'y reprendrait plus.

Pie, depuis ce jour de la nuit des temps, râle, crie et jacasse, et continue de chercher tout ce qui brille, comme pour se venger d'avoir été si naïve.

Et moi, Singe, dans tout ça ? Eh bien, dans ma sagesse, je batifole et cabriole, je mange, dors et profite de la vie.

Née à Juan-les-Pins, Audree Mevellec est américaine par alliance. Élevée par une grand-mère anglaise née à Berlin et par un grand-père provençal, elle vit aux États-Unis, entre Dallas et Los Angeles. Elle passe une partie de son temps, en dehors des voyages, à la restauration de sa maison d'enfance de Juan-les-Pins. Elle ne se considère pas comme un écrivain, tout au plus comme quelqu'un qui aime raconter des histoires, vraies ou fausses, toutes brodées par son imagination et son vécu.

Elle vient d'achever l'écriture de plusieurs romans, tous d'un genre différent, peut être pour montrer de quoi elle est capable ou tout simplement parce que son imagination est d'humeur changeante.

Audree MEVELLEC

DONC, JE SUIS UN ÂNE

Donc, je suis un âne ! En voilà une intéressante remarque ! me suis-je dit.

Je suis content, car c'est en fait, c'était, puisque je ne suis plus moi, enfin celui que j'étais avant, mon animal préféré.

Un petit âne, gris ou blanc, cela n'avait pas d'importance, un grand, un petit, un moyen, ils me plaisaient tous. Et voilà que je suis maintenant un âne moi-même.

J'hésite encore à me regarder dans la vitrine du magasin devant lequel je me suis arrêté. Sans savoir qu'en fait, c'était là, exactement à cet endroit, que j'étais mort.

Enfin, suis-je vraiment mort ? Et suis-je vraiment un âne ? On dirait que je n'ai que la tête, cela voudrait donc dire que je ne suis pas encore totalement mort ? ou totalement âne ?

Les gens autour de moi semblent étranges, sont-ils donc comme moi ? en souffrance entre deux ? Ou allons-nous rester comme cela, un corps d'homme ou de femme et une tête d'animal ?

Je vois ceux qui se regardent pour la première fois, comme moi, ils sont surpris, étonnés, sceptiques, et puis comme moi, ils soulèvent un sourcil, et j'avoue que l'âne en a de beaux, et ils sont dubitatifs, comme moi.

Le cheval à côté de moi hennit de joie, il se trouve beau, il me regarde d'un air un peu hautain. Mais soudain, lorsqu'un humain, un vrai, lui monte sur le dos, il n'est plus aussi fier. Personne ne me regarde, je suis le seul âne dans le coin.

Je marche donc vers la ville, les voitures conduites par des humains, avec des têtes d'animaux, qui klaxonnent en riant, trouvent cette situation plutôt cocasse, et j'avoue, moi aussi.

Le lion est assis dans un bus à deux étages, il a l'air d'observer la savane, qu'il n'y a pas, bien évidemment, puisque nous sommes en pleine ville. Londres, on dirait, puisque les bus sont rouges et que certains portent des chapeaux ronds.

Comme c'est amusant de voir une girafe avec un corps d'homme portant un chapeau melon sur le haut de ses cornes. On dirait presque un dessin animé.

Mais suis-je dans un dessin animé ? Cette question, je me la pose soudain, car peut-être ne suis-je pas mort ?

J'aperçois juste devant moi, allongée sur une chaise longue, en train de bronzer, alors que le soleil est plutôt pâle, une belle petite en bikini à pois. Elle a de belles oreilles longues, un museau qui semble doux au toucher et des yeux, des yeux avec des cils longs comme des balais. Je n'ai jamais vu de ma vie une aussi belle ânesse. Sa peau crème, son poil soyeux et une voix si douce ! Elle m'interpelle.

— Geoffroy, c'est toi ? Enfin ! Tu m'as fait attendre, et tu sais que j'ai horreur de cela !

Je ne la reconnais pas, du moins, pas tout de suite, qui est-elle ? Je ne connaissais pas d'ânesse avant de devenir un âne. Et en maillot de bain à petits pois ?

Soudain, cela me revient. Nous étions ensemble à la plage. Une vague immense est arrivée, et sa chaise longue a été engloutie dans les vagues, et je me suis retrouvé projeté contre la vitrine de ce magasin.

— Capucine, c'est toi ?

— Eh oui, qui d'autre ? Tu ne me reconnais plus ?

Je n'ose pas lui dire que je ne l'avais jamais vue en ânesse, et je me pose la question : comment m'a-t-elle reconnu, alors que moi-même je ne savais pas qui j'étais réellement ?

— Prends une chaise, viens à côté de moi, profitons de cet instant, nous sommes bien ici.

Je comprends que nous ne sommes pas à Londres, car si mes souvenirs sont bons, il n'y a pas de plage, alors où sommes-nous ? Ma mémoire n'est plus la même, j'ai maintenant une mémoire d'âne ? Ce qui voudrait donc dire une petite mémoire ? Un petit cerveau sous une tête énorme ? Est-ce donc pour cela qu'on dit que je suis un âne ?

Je tire une chaise, je la pose près d'elle ; après tout, si elle et moi nous étions ensemble, cela veut peut-être dire que nous étions amis, amants, mariés ? Je ne sais plus. Ou étions-nous frère et sœur ? Est-ce ma mère ? Cela devient fatigant de penser, je ferme les yeux et je m'endors.

Des braiments familiers me réveillent en sursaut. Capucine est debout, elle a l'air de rire, en fait, je ne sais pas vraiment comment interpréter le bruit qu'elle fait. Elle parlait normalement avant que je m'endorme, et maintenant, elle semble de plus en plus transformée en âne. Elle a maintenant les deux bras croisés devant elle, les mains en forme de sabots.

Mon cœur s'emballe, et moi ? Je baisse les yeux, et pour l'instant, je suis toujours comme avant. C'est-à-dire un corps d'homme, habillé comme je l'étais avant, une chemise hawaïenne et un short de plage, avec des sandales en cuir fauve.

Elle, par contre, ne porte plus le haut de son petit bikini, il lui reste le bas, toujours aussi petit et mignon, mais sa poitrine est velue, de jolis poils blanc et beige, ceux d'une ânesse de luxe, me suis-je dit.

Je n'arrive pas à comprendre, alors elle me montre qu'il faut partir, elle me montre la direction, et je comprends que c'est important. Je me lève, elle m'attrape par le bout d'un sabot, j'ai envie de rire, car c'est carrément drôle, mais je vois dans son regard que sous ces longs cils magnifiques des larmes ont creusé un sillon sur les poils blancs qui entourent ses yeux.

J'ai l'impression que nous ne sommes pas seuls à suivre ce chemin, je vois le lion, qui lui aussi a déjà perdu une partie de son apparence d'homme, la girafe, toujours affublée de son chapeau melon, marche toujours sur deux pieds, mais elle a deux sabots en guise de mains.

Comme personne n'a gardé sa voix d'origine, c'est compliqué de comprendre, entre les rugissements, hennissements et autres bruits divers, c'est une cacophonie indescriptible.

Et pourtant je ressens bien que c'est un fond de détresse.

Je parle à voix haute, moi qui ai encore la chance de pouvoir articuler normalement.

Mentalement, je me force à garder mes esprits. Il me faut absolument remettre les choses en ordre dans ma tête.

Que s'est-il passé ? Si une vague nous a submergés, pourquoi me suis-je retrouvé en mi-homme mi-âne ? Pourquoi ne suis-je pas comme les autres, en train de me transformer entièrement ?

Pourquoi ai-je vu ce décor qui ressemblait à Londres alors que nous étions en Thaïlande, sur une plage, en vacances, heureux comme le sont tous les amoureux qui, comme nous, venaient de se fiancer ? Pourquoi avais-je eu pendant un court instant une incertitude et ne me souvenais-je pas de notre relation ? Capucine était ma fiancée, je le savais, alors pourquoi ?

J'avais soudain l'impression que tout me revenait. Nous venions de nous fiancer, et pourtant je l'avais surprise en train de flirter avec un autre. Un lion justement, un Anglais.

Je revois la dispute que nous avions eue la veille au soir, nous venions de dîner, je voulais rentrer me coucher, j'étais encore fatigué du voyage et elle voulait aller danser.

J'avais proposé de rester pendant une heure et elle avait accepté. Lorsque je lui avais dit de rentrer avec moi, elle avait refusé et s'était mise à danser avec ce type. Elle avait ri, elle avait un peu bu, elle s'était pratiquement jetée dans les bras de ce type.

Je suis rentré seul, je me suis couché, et je n'ai pas pu m'endormir. Alors, je me suis levé, rhabillé rapidement et je suis parti à sa recherche. La discothèque était vide et j'ai entendu des rires qui venaient de la plage.

Je l'ai vue, sur le transat, couchée sur ce type, complètement nue, et ils faisaient l'amour. Je suis resté pendant un long moment à les regarder, sans pourtant comprendre ce qui se passait. Puis, au bout d'un moment, elle m'a vu. Elle s'est levée, elle a remis sa robe, a pris son petit slip rose dans sa main et elle est venue vers moi en riant.

Tout me revenait, la dispute, les larmes, les promesses et le lendemain sur la plage, les clins d'œil furtifs qu'elle donnait à cet Anglais qui s'était allongé à quelques mètres de nous pour me narguer.

J'ai des sueurs froides, et pourtant, avec ma tête d'âne bien velu, je ne devrais pas. Je n'ose pas toucher mon visage et pourtant j'ai comme l'impression que je suis en train de changer. En mieux, il me semble.

Je regarde autour de moi, et Capucine est maintenant pratiquement entièrement en forme animale. Le lion aussi, ainsi que la girafe et d'autres animaux qui eux aussi suivent le même chemin.

Nous arrivons dans une grande prairie, au centre, cela ressemble à un amphithéâtre. Il y a des gradins et on nous dirige vers nos places.

— Vous à droite, dit une voix.

— Vous à gauche, pour d'autres.

Capucine, le lion, la girafe et d'autres animaux sont à gauche, et je me retrouve avec une dizaine de personnes, qui comme moi sont affublées de têtes d'animaux, mais qui ont gardé leur corps d'humain.

Ils parlent entre eux, se posent les mêmes questions. Pourquoi ? L'expression animale est surprenante à voir, et si la situation n'était pas tragique, surtout pour les autres, je pense que je m'en amuserais vraiment.

Le bruit devient presque infernal, des cris d'animaux de toutes sortes et un brouhaha venant de ceux qui comme moi ont encore la parole humaine.

Tout à coup, une lumière blanche nous éblouit. Un homme arrive, il a l'air vieux, marche doucement. Autour de lui, une dizaine de jeunes gens, tous en robe blanche et qui brillent comme s'ils étaient éclairés de l'intérieur. Le bruit cesse, le silence est complet.

De mon côté, deux autres ont comme moi des têtes d'âne. Un cheval, une licorne, deux caniches, quelques oiseaux colorés et à grandes plumes, deux flamants roses, une autruche et quelques petits renardeaux, une louve, enfin je crois, car elle a de grands yeux très doux, et un éléphant.

De l'autre côté, ils sont tous dans leur forme animale. Je n'arrive même plus à reconnaître Capucine, car il y a plusieurs ânesses, et des ânes, des mulets, des singes en grande quantité et de toutes sortes, et plein d'autres espèces. C'est un vrai cirque, ou une arche de Noé.

Je suis perdu dans mes pensées, j'essaie de comprendre.

La vague m'a submergé, je suis allé me fracasser contre cette vitrine, Capucine a été emportée par la vague, l'Anglais aussi probablement. Mais les autres ? Ils n'étaient pas tous en Thaïlande ! L'homme parle, j'avoue ne pas tout comprendre.

Les animaux partent les uns après les autres, certains se retournent comme pour regarder de l'autre côté si quelqu'un peut encore les sauver, mais personne ne bouge. Nous nous regardons, certains hochent la tête, ce que dit l'homme a l'air d'avoir un sens pour eux.

— Vous étiez faibles, vous avez été punis, maintenant vous avez une dernière chance de retrouver votre aspect original. Une seule chance. Serez-vous prêts à la prendre ?

Faible ? J'ai été faible ? J'ai laissé faire ? Je ne me suis pas révolté ? Mais pourquoi aurais-je dû le faire ? Me fâcher, élever la voix ? La bousculer, la frapper ? Jamais je n'aurai pu.

Comme si le vieil homme lisait dans mes pensées, il dit :

— Malgré votre peine, vous avez bien agi, vous avez été faibles, certes, mais votre déception, votre rage ne vous a pas fait passer de l'autre côté. Comme vous avez pu le voir, ceux qui sont partis sont ceux qui vous ont trahis ou ont été violents. Vous avez une chance de revivre, mais il faut que vous fassiez le vœu de ne jamais vous laisser humilier, que vous puissiez être vainqueurs, et toujours sans haine et sans violence. Si vous acceptez, vous reviendrez à la vie, il ne vous restera qu'à oublier cette aventure et repartir sur le bon chemin.

Je suis certain de pouvoir faire ce pacte et de le tenir, j'ai été bien trop faible et je le reconnais. Je vais changer ma vie, devenir plus sûr de moi, dans ma vie affective et dans mon travail.

Comme si le vieil homme avait entendu ce que je n'ai pourtant pas dit, il fait signe à notre groupe de le rejoindre.

— Je vais commencer par les oiseaux, incluant les flamants roses et l'autruche, ensuite, ce sera le tour des animaux quadrupèdes.

Comme dans un rêve, je vois les têtes se transformer en humains, des hommes, des femmes qui se dirigent vers une lumière bleue où ils disparaissent presque aussitôt.

À notre tour, nous avançons, l'homme fait quelques remarques, et lorsque nous les ânes sommes près de lui, il s'arrête et d'un regard bienveillant nous demande de nous approcher un peu plus.

— Vous avez été transformés en âne. Vous êtes une espèce à part, votre aura est bienveillante ; être un âne n'est certainement pas une mauvaise chose. Bien au contraire, vous faites partie des animaux les plus respectés du royaume. Faites-en bon usage.

Je me réveille, j'ai l'impression d'être dans un lit d'hôpital, mon cœur bat la chamade. Ai-je gardé ma tête d'âne ? Une voix douce m'interpelle.

— Vous nous avez fait rire, monsieur, dit la voix. Le médecin qui vous a opéré a dit que vous n'avez pas cessé de dire que vous étiez un âne. C'est sûrement votre animal préféré, c'est le mien aussi.

Adolescente, je me suis sentie attirée par différents horizons : la mer, les voyages et l'écriture, alors j'ai essayé d'approcher les trois… J'ai étudié et travaillé en tant que technicienne océanographe, entre cartographies et embarquements réguliers sur des navires de recherche.

Après quelques années, j'ai bifurqué vers la médiation scientifique, toujours en suivant le fil bleu du monde maritime. J'ai alors exercé les métiers de guide, responsable de musée, commissaire d'exposition et journaliste. L'écriture prenait de plus en plus de place dans ma vie.

À mes trente-deux ans, j'ai rencontré un marin qui m'a proposé de vivre en voilier… une vie singulière et nomade qui depuis neuf ans est une source d'inspiration quotidienne pour jeter l'encre sur des pages blanches !

Laeticia MALTESE

CRÉPUSCULE BORÉAL

« Des heures que je marche dans cette soupe, mélange d'eau et de glace. Mes empreintes s'effacent. Comme absorbées, oubliées. Je ne laisse plus de traces. À quoi bon continuer d'avancer ? »

Le renard piaffe, me coupant dans mon élan lyrique : « Eh l'ours ! Ce sont eux ! Ils sont là, près de la grande arche de glace ! On est en retard ! »

Au pied d'une immense arche de glace, les membres du conseil nous attendent : la sterne arctique est posée sur un monticule de glace, le phoque est allongé nonchalamment sur la banquise, l'orque nage dans le bras de mer avoisinant, un petit krill et une morue barbotent dans un trou d'eau creusé spécialement pour eux. En trois cents aurores, c'est la deuxième fois qu'un représentant des sternes convoque les autres membres du conseil pour une réunion. C'est un événement exceptionnel, normalement séculaire. Seule parenthèse dans le monde polaire où proies et prédateurs se réunissent pour parler des affaires du monde. Une trêve pour le bien commun.

La sterne commence : « Si je vous réunis aujourd'hui, c'est pour faire le point sur l'adaptation de vos différentes communautés aux changements que nous observons. Et c'est aussi pour parler d'eux. Et décider. »

À leur évocation, l'assistance se fige… un vent glacial leur parcourt les plumes, les poils et les écailles. La morue semble terrifiée et manque de s'évanouir.

« La parole est à vous. Le point d'abord. »

Le renard, détendu, commence : « Les hivers raccourcissent, c'est indéniable, mais pour nous, c'est relativement agréable, on change un peu nos habitudes alimentaires, notre pelage est blanc moins longtemps, mais ça, c'est de l'esthétique. Ils nous recherchent moins, du coup… »

L'orque enchaîne, prétentieuse : « Je ne vois pas l'intérêt de ces rassemblements, vous n'avez qu'à migrer et vous adapter aux différents climats, comme nous. »

La morue le foudroie du regard : « Nous, comme vous le savez, ce ne sont pas les hivers, notre souci, en tout cas, il semblerait que notre population retrouve un certain équilibre. »

Le krill poursuit : « En tant que base de la chaîne alimentaire, nous sommes ravis de notre rôle essentiel et prêts à nous sacrifier pour le bien de tous. Hivers courts ou longs, peu nous importe. Notre histoire se répète inlassablement, on nage en banc, on se reproduit, on se fait manger, on nage en banc, on se reproduit, on…

— Ça va, on a compris ! le coupe le phoque. Nous, on est en difficulté, nos petits sont de plus en plus frêles, on trouve moins de poissons, et la plupart sont infestés de ces choses colorées indigestes et parfois mortelles. On est très inquiets et on n'a pas de solutions.

— Quel rabat-joie ! siffle le renard.

— Silence ! crie la sterne. L'ours, c'est à toi. »

Je me tais, le silence s'installe. Tous, je le sais, se souviennent de mon intervention du conseil précédent. J'avais expliqué que les femelles ne pouvant se nourrir suffisamment pendant les hivers devenus trop courts maigrissaient et ne pouvaient plus se reproduire. Des mâles ont donc commencé à migrer vers le sud, et… à se reproduire avec des grizzlis. Tous avaient été très choqués par mes propos. Le renard, comme à son habitude, avait rétorqué non sans mépris : « Ouais, ben moi, tant que j'y suis, je vais penser à me reproduire avec un lemming. »

La sterne, la plus sage d'entre nous, avait conclu : « La survie des ours trouverait donc son salut dans le métissage… c'est intéressant. »

La descendance de ces ours bruns et blancs s'était avérée fertile, et si nos cousins éloignés étaient encore peu nombreux, ce compromis permettrait, espérions-nous, de passer la « crise des hivers courts ».

« Alors, l'ours, qu'as-tu à dire ? »

Je voulais en venir au fait.

« Parlons d'eux. (Nouveau froid.) J'ai essayé de communiquer avec eux. Nous sommes plusieurs à être descendus dans leurs terriers. Nous les avons observés longtemps. Ils gesticulent beaucoup. Ils font du bruit aussi. Pour se déplacer, ils utilisent rarement leurs pattes, mais des machines. Le chien, que je connais depuis longtemps, et qui, à une époque, travaillait pour eux, reste dans leurs tanières, mais de manière inutile. Il est là toute la journée à dormir, jouer et s'engraisser. Il ne sort qu'en leur présence, ne chasse plus et mange de la viande sèche qui a une forme de gravier.

— Ohhh ! »

Les membres du conseil sont indignés. L'orque enrage : « Ils n'en ratent pas une ! Je me souviens le jour où ils ont kidnappé ma cousine, ils lui ont lancé une flèche, elle s'est endormie, puis ils ont utilisé un immense filet, l'ont emprisonnée et embarquée sur un de leurs terriers flottants. On ne l'a jamais revue ! »

Le krill est terrorisé : « Mais alors… mais ! Cette ombre géante qui vient nous capturer beaucoup plus souvent que les baleines, peut-être que ce seraient eux ? L'ombre arrive puis… on disparaît vers je ne sais où !

— Oui, sûrement ! »

La morue surenchérit : « Évidemment ! Vous avez déjà oublié mon histoire ? Toute ma famille, décimée, nous étions une poignée de survivants…

— Quelle horreur ! Il faut faire quelque chose ! »

Un brouhaha se forme.

« SILENCE ! hurle la sterne. Ça ne sert à rien, toute cette agitation, il faut comprendre comment ils fonctionnent. L'ours, continue. »

Je reprends la parole, divulguant peu à peu les résultats de mon enquête.

« Eux aussi mangent des choses étranges, ils ouvrent des genres de fruits à la coque transparente comme de l'eau, et dedans, trouvent toutes sortes d'aliments. La plupart me sont inconnus… Même si, c'est certain, ils mangent de la viande coupée en petits morceaux. »

Je laisse la nouvelle faire son effet, la sterne calme mon public. Je poursuis :

« Ils ne mangent pas tout. Beaucoup d'aliments prémâchés sont stockés dans des réserves pour l'hiver. Depuis quelques années, les miens sont affamés, aussi on n'hésite pas à se servir dans ces bacs la nuit. On y trouve plein de choses. »

Nouvelle pause. Mes collègues me regardent, attentifs, suspendus à mes babines.

« La nuit, ils dorment, mais n'hibernent pas. Ils font de la lumière comme les lucioles. Quelques rares individus partent chasser des phoques de temps en temps. »

Le phoque m'interrompt : « Ben oui, ça, j'suis au courant… » Il montre une vilaine cicatrice sur sa nageoire, tous sont impressionnés et me questionnent de nouveau du regard.

« Ils nagent peu, j'en ai aperçu un une fois avec une fourrure particulière, des faux yeux et fausses pattes, il avait l'air très étonné de me voir. Ses pupilles sont devenues comme immenses et il m'a attaqué avec sa fameuse lumière. Elle était très forte, bien plus que celle du soleil qui se lève. Je me suis enfui, je n'y voyais plus rien pendant un temps qui m'a paru une éternité. Ils ne supportent pas le froid et rajoutent toujours des peaux sur leurs corps. Ils maîtrisent beaucoup de choses qui nous sont inconnues, mais ils sont fragiles. Et puis, est arrivé le jour de ma première tentative de contact. Je me suis posté devant leur terrier, assis, les regardant. Quand ils m'ont découvert, ils ont été comme pris de panique. La femelle a poussé un cri très aigu, le mâle un son plus grave et ils se sont mis à courir dans tous les sens. Alors, je leur ai demandé de se calmer, et plus je parlais, plus ils hurlaient. Ils n'entendent rien à notre langage. Le mâle a pris son bâton de chasse et m'a visé, mais connaissant l'usage de cette chose, je me suis échappé. »

Il me reste encore à leur annoncer la terrible nouvelle.

« Autre chose. Vous vous souvenez du métissage que ma communauté a choisi pour survivre aux hivers trop courts ? »

Tous opinent gravement de la gueule.

« Eh bien, la dernière ourse polaire a rendu l'âme il y a quelques semaines. Il n'y aura plus d'ours blancs. »

Ils accusent le coup. Le krill pleure à froides larmes, la morue n'ose plus dire un mot, même le renard semble très affecté par cette information.

« Ce sont des barbares, juste des barbares. Notre histoire est formelle, c'est depuis leur arrivée que les hivers deviennent si courts, et la plupart de nos malheurs sont des conséquences directes de leurs actes. Moi je vote pour les exterminer ! s'énerve l'orque.

— Ils ont massacré nos familles, détruit nos sites de chasse préférés !

— Ils nous ont envahis et nous envoient leurs poisons ! »

Le renard prend la parole : « L'autre jour, alors que je cherchais de quoi manger, je suis tombé sur l'ancienne tanière de mes ancêtres, celle d'où ils avaient sorti ma famille pour installer leurs machineries, qui sont devenues rouges avec le temps. Vous savez, là où ils entassaient des cadavres de baleines pour les vider de leur graisse. Ces histoires m'ont fait cauchemarder toute mon enfance. Ils sont partis, mais ont laissé tout leur matériel de torture. C'est horrible. »

Et comme si cela ne suffisait pas, il rajoute sur un ton dramatique : « La tanière de mes ancêtres sent la mort… »

Après un silence macabre, la sterne arctique reprend la parole : « Bon. Pour ma part, je viens de terminer mon périple annuel, du sud vers le nord. Et le constat est lourd. Ils sont partout, dans les airs, dans les eaux, les forêts, les montagnes, les déserts. Partout.

— C'est une espèce invasive ! Tuons-les !

— On pourrait s'associer et les envahir, et hop ! débarrassés !

— Oui, oui !

— Du calme, du calme ! Pour prendre une telle décision, il faut que tous les membres du conseil, à l'unanimité, soient d'accord. »

Tous votent pour. Tous, sauf moi.

« L'ours ? »

Le phoque m'interpelle : « Réagis, tu es l'un des derniers de ta lignée, voué à disparaître ! Hé ! »

Je garde les yeux fermés. Mon esprit est tiraillé. Pourtant, j'ai bien réfléchi et je dois assumer ma décision. Je sens des sueurs froides sous ma fourrure épaisse. Je regarde l'assistance, les uns après les autres, et témoigne : « Ce sont des barbares. C'est vrai. Ils sont probablement responsables des hivers courts, ceux-là mêmes qui font disparaître les miens. Mais…

— Mais ?

— Le jour où ce couple m'a chassé de sa tanière, dans ma fuite, je me suis trouvé sur la route d'un de leurs petits et d'une femelle qui devait être sa mère. C'est dans leur réserve, ces choses circulaires qu'ils ferment avec un couvercle, que je puisais la plupart de mes trouvailles pour me nourrir. Il y en avait toujours beaucoup. J'ai croisé le regard de ces deux-là. Je n'y ai pas lu de peur ni de prédation, mais de la curiosité, et peut-être de la... désolation. Jamais je n'avais vu ce regard chez eux. J'ai dû filer, mais ça m'a interpellé... Quelques semaines plus tard, je suis retourné dans le même terrier, cette fois sans me faire voir. J'ai alors aperçu ce petit et sa mère en train de remplir la réserve. Je me suis approché de leur antre et j'ai été très surpris de voir dans leur cachette des images d'ours, notamment de moi, fouillant dans leur stock. Ils m'avaient repéré et partageaient leur nourriture.

— C'est un piège, c'est sûr ! » dit la morue.

Le renard acquiesce. Le phoque intervient : « Il est vrai que quelquefois j'en ai croisé qui marchaient sur la banquise et qui avaient ce regard tout à fait surprenant que tu décris quand ils m'apercevaient. »

Encouragé par ses propos, je poursuis : « La sterne, tu nous dis qu'ils sont partout... si ça se trouve, il y en a même près des étoiles, là-haut ?

— Hi, hi ! Faut pas exagérer ! rit l'orque.

— Ce qui est certain, c'est que la planète est grande et que si nous partons en guerre, c'est nous qui allons nous faire massacrer, nous sommes peu nombreux et très loin d'imaginer ce dont ils sont capables...

— Trouillard ! baragouine le renard.

— Ce regard que j'ai vu, c'est le regard de ceux qui respectent la vie. Ces regards que j'ai croisés, ce sont les regards de l'espoir. Je suis probablement le plus en danger de nous tous... mais s'il reste une once d'espoir, je ne veux pas passer à côté. S'ils colonisent tous les espaces, c'est qu'ils savent s'adapter et c'est peut-être notre seule chance. Si j'arrive à communiquer avec eux, je pourrai même les convaincre d'assister à notre prochain conseil !

— Et puis quoi encore ! dit la morue.

— En même temps, l'idée est intéressante… », murmure la sterne.

Tous pèsent ces mots. Pour ma part, je n'ai plus grand-chose à perdre, alors c'est tout vu.

La sterne semble pensive et conclut : « Soit, nous referons un point dans quelques aurores… Puisses-tu avoir raison, l'ours ! »

Je pars.

Tous prennent congé. La sterne regarde l'ours s'éloigner. Il se lève, de toute sa majesté, il avance lentement une patte après l'autre en chantant dans la lumière du soir polaire : « Des heures que je marche dans cette soupe, mélange d'eau et de glace. Mes empreintes s'effacent. Comme absorbées, oubliées. Je ne laisse plus de traces. À quoi bon continuer d'avancer ? »

Derrière lui, de belles empreintes se dessinent dans la neige.

Je me réveille en sursaut… je me tourne vers ma femelle, confortablement blottie contre mon pelage. Elle me regarde de ses grands yeux.

« Bien dormi ?

— Tu parles, j'ai fait un de ces cauchemars ! Nos humains d'élevage étaient devenus les maîtres du monde, ils avaient même le pouvoir de raccourcir les hivers et nous étions en voie de disparition, et le conseil devait trouver des solutions, l'enfer ! »

La grande ourse me regarde. « Ce que j'aime chez toi, mon gros, c'est ton imagination débordante. »

Thierry Boyer, né en 1947, a consacré sa vie professionnelle à la médecine et à la chirurgie. Il a découvert, sur le tard, le plaisir d'écrire. Passant des publications scientifiques à la littérature, il a commencé par écrire des petites histoires drôles destinées à ses petits-enfants, puis il a évolué vers le roman.

Il a publié en 2019 *Generis*, la genèse revue et corrigée sur un mode humoristique aux Éditions Sydney Laurent, puis, en 2021, en autoédition, *Les Couloirs de l'espoir*, un roman d'aventures un peu farfelu, qui se termine aux futurs Jeux olympiques de Paris. Surpris et encouragé par des commentaires élogieux, il entend bien passer une bonne partie de sa retraite devant des pages blanches qui, chez lui, ne le restent pas très longtemps.

Thierry BOYER

LE DILEMME DU PAPILLON

C'est par une belle journée de vacances que je suis né. J'avais quinze ans. Il faisait beau, il faisait chaud. Des prairies émanait le sublime parfum de l'herbe fraîchement coupée, mais déjà macérée par les rayons du soleil d'été. Ma naissance a été aussi brutale qu'inattendue. Elle m'a pris par surprise.

Avant, je n'étais qu'une larve. Je ne me souviens même pas de ma période chrysalide. La puberté ne m'a laissé aucun souvenir. Je suis passé directement de la chenille au papillon.

Ma vie, avant ma naissance, n'était pas drôle. Enfant timide, peureux, je gesticulais beaucoup, mais au moindre bruit, je me recroquevillais. Mal dans ma peau, j'essayais d'en changer, mais mes mues successives n'ont rien changé. À l'étroit dans mon enveloppe de larve, blotti dans mon cocon familial, bien au chaud sous ma couverture de soie, à l'abri de toute aventure, je laissais le temps passer. J'avais raison, il suffisait d'attendre.

Je me souviens du jour de ma naissance. Je roulais sur ma mobylette bleue, entouré d'une bande de copains et de copines qui s'était formée au début des vacances. Le vent chaud glissait délicieusement sur mon visage. La plupart des filles étaient à vélo et riaient en se faisant dangereusement tracter d'une main posée sur l'épaule des garçons. Si ce n'était pas le bonheur, ça y ressemblait beaucoup. La troupe a repéré un champ. Dans le champ, des meules de foin. Derrière les meules, de l'ombre. C'est là, à l'abri des regards, qu'une fleur, la plus belle de toutes, est venue me rejoindre. Elle était belle comme le jour qui se lève. Ses grands yeux brillants se sont posés sur moi. Elle a pris mon visage entre ses mains adolescentes et a posé sur mes lèvres mon premier baiser. D'un coup, sans crier gare, tout mon corps s'est liquéfié et la magie a opéré. De mes cellules est né un nouveau corps totalement différent. Mes ailes se sont déployées. J'ai vu leur rouge flamboyant, leurs magnifiques cocardes bleues, les jolies plages jaunes soulignées d'un trait noir. Pour la première fois de ma vie, j'étais fier. Oubliée la chenille, disparu le petit garçon rougissant, adieu l'enveloppe étroite, je naissais enfin.

Papillon a butiné tout l'été. Enivré par leur parfum, il est passé de fleur en fleur. Un jour, une souris blonde aux yeux clairs, le même jour, une petite chatte toute noire, une autre fois, une jolie marmotte avec laquelle il aurait volontiers passé l'hiver sous la couette. Bon, parmi les fleurs, il y eut aussi des chardons sur lesquels il n'a pas réussi à se poser, mais, frénétique, il passait vite son chemin pour découvrir d'autres pétales, d'autres fragrances.

Le temps a passé. Papillon a fêté ses dix-huit ans. Il est au lycée. Dans sa classe, quelques belles plantes et au milieu des plantes, mademoiselle Biche, une fleur de Lys. Elle a le port altier, l'approche difficile, le sourire rare. Elle porte particule et entend qu'on le sache. Papillon tourne autour d'elle, commet quelques maladresses qu'il croit irréversibles, éloigne quelques coléoptères qui lui font concurrence et, à force de patience, déploiements d'ailes et vols en figures libres, finit par se poser sur le Lys et butiner son pistil. Mademoiselle Biche est fière et exige qu'on l'admire. Toujours aux abois, elle est jalouse et rien ne lui échappe. Au moindre bruit, au moindre soupçon, elle file se cacher. Il craint de la perdre et la supplie alors à ailes rabattues.

Après de longues études communes, Papillon épouse son Lys en grande pompe, comme sa noblesse l'exige, et force butinage, deux petites larves sont nées.

Les années passèrent. Imperceptiblement, au plaisir succédèrent l'habitude puis bientôt l'ennui. Papillon tournait en rond. Il rêvait de déployer ses ailes, de s'envoler, de chercher d'autres fleurs. Il y en a tant, elles sont si belles, si attirantes et si disposées à se faire butiner.

On ne lutte pas longtemps contre dame nature. Empêcher un papillon de papillonner c'est comme interdire à l'oiseau de chanter, au cerf de bramer, au singe de grimacer. Le papillon est fait pour passer de fleur en fleur, de s'enivrer puis, rassasié, de les abandonner pour recommencer toujours et encore.

Voici venu le temps des compromis. Pas très héroïques, les compromis, mais c'est parfois la moins mauvaise des solutions. Avant de se laisser complètement dépérir, Papillon se décida : il butinera le jour et s'allongera sagement le soir sur les pétales de son Lys, entouré de ses deux jolies petites chenilles qui grandiront et un jour s'envoleront.

Les ailes de Papillon qui commençaient à ternir reprennent rapidement leurs couleurs de feu. La quarantaine ! L'âge de tous les possibles, l'âge qui attire autant les jeunes filles en fleur que les femmes qui voient leurs pétales commencer à flétrir.

Tous les butinages ne se valent pas. Quand la dame est seule et aime papillonner, l'entreprise est légère, joyeuse, sans conséquence. Mais quand la papillonne n'est pas seule, qu'elle a pour compagnon un gros bourdon, alors les choses peuvent être beaucoup plus compliquées. À la terrasse d'un café, Papillon repéra un jour une magnifique orchidée. « Au mois de mai, fais ce qu'il te plaît », la jeune femme portait très court sa jupe en corolle et ses cheveux blonds tombaient sur ses épaules nues et dorées. De sa silhouette émanait une sensation d'équilibre parfait. Sa voix était douce, son regard chaleureux. Elle discutait avec une marguerite que la nature avait beaucoup moins gâtée. Les antennes de Papillon se mirent à s'affoler. Mais l'affaire n'était pas simple, il fallait du métier. L'occasion se présenta quand l'orchidée se leva pour aller soulager une pressante et naturelle envie. Papillon, à l'affût, s'approcha alors et donna à la marguerite toutes les marques de son admiration. À la vue des ailes flamboyantes du bel insecte, toutes les phéromones de la pauvrette se mirent à sécréter et elle n'hésita pas à lui proposer de venir s'installer. Elle ne fut pas peu fière de présenter à son amie l'orchidée sa prétendue conquête. La suite est simple à deviner. L'orchidée, peu habituée à se voir éclipsée, en fit des tonnes et eut vite fait de diriger vers elle les intentions du rusé Papillon.

La marguerite, mortifiée, se leva et laissa sous un prétexte inventé le champ libre aux préliminaires des nouveaux tourtereaux. Papillon après avoir déployé ses belles ailes et usé de tous ses charmes prit la main de l'orchidée qui ne la retira pas.

Par un mauvais hasard, monsieur Dogue passait par là. Il savait où sa chérie retrouvait son amie et avait décidé de lui faire une surprise. Monsieur Dogue avait la carrure d'un joueur de rugby, passait la plus grande partie de son temps en salle de sport et exerçait la délicate profession de garde du corps. La rencontre entre monsieur Dogue et Papillon fut courte et agitée. D'un coup de filet, la brute attrapa l'insecte, le cloua au sol, le roua de coups, avant d'attraper par le bras son orchidée qui allait, sans nul doute, passer un sale quart d'heure et se souvenir longtemps de ses envies de batifolage extraconjugal.

Papillon épousseta ses ailes, lissa ses antennes et commanda un café pour se remettre de sa malheureuse expérience. À ce moment, un homme élégant, au long cou, aux cheveux blancs comme neige, à l'air fort sympathique s'approcha et s'installa à côté de lui.

— Bonjour, monsieur ! Vous êtes sans nul doute monsieur Papillon. Vous êtes sacrément amoché. Je me présente, je suis monsieur Cygne. J'ai vu la scène. Vous auriez pu finir à l'hôpital. Voyez-vous, cher monsieur, chez nous, ce que vous faites ne se fait pas. Avez-vous déjà vu des cygnes sur un étang ? Vous sauriez les distinguer ? Non, ils sont tous pareils. Alors, quand nous sommes en couple, pourquoi changer ? Nous sommes fidèles, nous, monsieur. Nous ne cherchons pas à casser les couples et nous ne supporterions pas que quelqu'un cherche à briser le nôtre.

— Mais qu'est-ce que vous racontez ! Les femmes ne sont pas du tout identiques. Au contraire, elles sont toutes différentes ! Et pour elles, c'est la même chose. Tous les hommes ne se valent pas. C'est ce qui fait le charme de la vie. Si je ne butine pas, je meurs.

— Vous êtes marié, je suppose. Quand vous avez rencontré votre femme, vous l'avez regardée comme une pierre précieuse. Et regardez ! vous vous êtes lassé, vous ne la voyez plus comme un diamant, mais comme un simple morceau de verre. Et si vous viviez avec la jolie compagne de monsieur Dogue, ce serait la même chose. En un rien de temps, vous repartiriez à la chasse. Ce n'est pas comme ça que vous trouverez la sérénité, croyez-moi.

— Pour la sérénité, je vous le concède, mais je ne la cherche pas. Comment faites-vous, monsieur Cygne, pour ne pas mourir d'ennui en retrouvant chaque soir la même femme qui vous raconte les mêmes histoires et qui se plonge le soir dans le dernier roman à la mode en évitant, si possible, de vous concéder un vague câlin bâclé ? Comment résistez-vous à la tentation de vivre ce qu'il y a de plus intense au monde, le début d'une histoire, au risque de se brûler les ailes ?

— Vous n'avez rien compris, monsieur Papillon ! Il manque des mots dans votre vocabulaire. Connaissez-vous Tendresse, Amour, Respect ? Non, vous ne les connaissez pas, car vous êtes atteint d'une névrose qui porte un nom : *une obsession nommée désir*. Ça ne vous dérange pas de vous endormir tous les soirs à côté d'une femme trahie ? Je suis sûr que vous ne vous en rendez même pas compte !

— Bon, cher monsieur « La Morale », je crois que nous n'avons pas les mêmes gènes et que nous aurons du mal à nous entendre. Il vaut mieux que nous en restions là. Je vous souhaite une charmante soirée ! Mes hommages à la bienheureuse madame Cygne.

L'œil gonflé, la pommette tuméfiée, le nez pas tout à fait droit, Papillon rentra chez lui un peu penaud. Quand madame Biche-Papillon l'aperçut, elle poussa un cri.

Mais qu'est-ce qui t'est arrivé ? Tu t'es battu ?

— Non, j'ai raté une marche et je me suis étalé.

— Je vais te nettoyer ça, c'est moche.

Pendant que son Lys partait à la recherche d'un peu d'alcool et de compresses, Papillon eut l'oreille alertée par un petit bip et l'œil attiré par l'éclairage du portable de sa Biche. Il tourna par réflexe et par curiosité le téléphone vers lui et lut le texto :

— *Merci pour ce délicieux moment, tu as le parfum de la rose et la douceur de ses pétales. Je t'aime.*

Une onde de chaleur parcourut le corps de Papillon. Ses ailes se mirent à flageoler, ses antennes s'agitèrent dans tous les sens. Le ciel lui tombait sur la tête. La soirée fut horrible. Biche, loin de la jouer coupable, expliqua tranquillement à Papillon qu'elle en avait assez, qu'elle savait parfaitement qu'il la trompait, qu'elle en aimait un autre depuis des années, qu'elle ne croyait pas un mot de son histoire de marche ratée, qu'il pouvait faire sa valise, quitter le cocon et qu'elle exigerait la garde des chenilles devenues chrysalides.

C'était beaucoup trop d'informations à la fois. L'imagination Papillon déclara forfait. Il attrapa en vitesse quelques affaires avant que sa Biche ne se transforme en taureau furieux.

Effondré, Papillon eut ensuite tout le temps de méditer la citation de Marivaux :

« *La simple infidélité serait insipide et ne tenterait pas une femme sans l'assaisonnement de la perfidie.* »

Emma Louvet est née en France en 1994. Déjà petite, elle aimait inventer tout un tas d'histoires qui n'ont jamais vraiment eu de fin. Elle aime dessiner, peindre, écrire, sculpter, bref, du moment qu'il y a quelque chose à créer, ça lui plaît. Et puis un jour, en 2019, elle se plonge dans les aventures d'Alexi et son premier roman, *Le Voyage d'Alexi*, verra le jour en 2021.

Plutôt axée sur le fantastique, elle aime tout de même se lancer des défis et tenter autre chose, d'autres styles. Elle aime emmener ses lecteurs dans ses récits, leur faire peur, les faire rire, les faire pleurer parfois, mais surtout : faire en sorte qu'ils n'aient plus envie de refermer ses livres.

Emma Louvet

LES TUBES DE NOÉ

Il est minuit passé. Lionne n'est toujours pas rentrée de son service. Je décide de m'accouder à la fenêtre, histoire de la voir arriver. Je m'allume une cigarette et manque comme à chaque fois de me brûler les moustaches. Ici, les clopes sont rares. Je n'en fume plus qu'une seule par jour, vers minuit, en attendant que Lionne rentre.

Le ciel numérique est d'un violet étrange, ce soir. D'ordinaire, les programmateurs font mieux que ça. Je ne me souviens plus vraiment de la vraie couleur du ciel, ni de la dernière fois que je l'ai aperçue. Je lâche un rire sans joie et prends une grande goulée de fumée. J'espérais une vie un peu meilleure. Je lorgne distraitement vers l'immeuble d'en face. Corneille est encore debout aussi. Je distingue sa silhouette emplumée derrière ses rideaux à fleurs ridicules. Je fais un signe à Boxer, occupé à sortir ses poubelles. Enfin, j'aperçois Lionne, un peu plus loin.

Ouais, j'espérais autre chose.

J'entends Lionne tourner sa clef dans la serrure et pénétrer dans l'appartement. Elle enlève ses chaussures et ses pattes retrouvent leur forme originale. Elle remet sa crinière en place en passant devant le miroir, avant d'enfin venir vers moi pour m'embrasser. Je lui propose un verre, qu'elle accepte avec plaisir. Nos goûts n'ont pas changé, depuis la transformation. Lionne boit toujours autant de whisky, et moi, toujours autant de bière.

Je me souviens de ce jour comme si c'était hier. Pas un jour heureux, ni malheureux. Il faisait gris. Je fumais à la fenêtre de notre ancien appart. Un homme a sonné à la porte. En costard, le genre qui vous vendrait une voiture sans moteur. Il nous a fait une proposition étrange, mais foutrement bien rémunérée. Avec Lionne, on a mis un moment à peser le pour et le contre. Et puis, finalement, les factures s'accumulaient, on voulait changer de vie et on nous apportait ça sur un plateau d'argent, alors on a signé le contrat.

On a donné notre préavis, on a fait nos bagages avec le strict nécessaire et on a vendu le reste. On n'a même pas dit au revoir à nos familles, contrat oblige. On s'est rendus en taxi au lieu du rendez-vous. C'est Renard qui nous a reçus en premier. Ouais, vous allez me dire que, déjà, un mec qui s'appelle Renard avec une tête de renard, ça aurait dû nous mettre la puce à l'oreille, mais bon, le contrat.

Lionne reprend un whisky, alors je me reprends une cigarette. Cette fois, je me brûle une moustache.

Renard nous a fait remplir un questionnaire et nous a posé cette question singulière : « Si vous étiez un animal, qu'est-ce que vous seriez ? » Vu sa tête, j'ai choisi un truc un peu classe, parce que, franchement, vivre dans la peau d'un ornithorynque toute ma vie, ça m'aurait embêté quand même. J'ai eu du bol que Lionne réponde lionne. On aurait eu l'air idiots, si elle avait dit gazelle.

Honnêtement, chaque fois que je croise Gazelle, ma voisine, j'ai une furieuse envie de la dévorer. Mais ça, c'est interdit, ici. On a des têtes d'animaux, mais on se comporte en personnes civilisées. Alors, on ne s'entretue pas, c'est la règle.

Il nous a expliqué tout un tas de trucs scientifiques auxquels, honnêtement, je n'ai pas pigé grand-chose. Moi, je voulais juste mon fric et quitter ma vie misérable, mon appart pourri et mon boulot barbant. Quand il a eu terminé ses explications, il nous a fait monter dans deux espèces de tubes en verre et en métal.

Je déglutis péniblement et décide finalement de me servir une bière. Lionne ne dit rien. Elle sait très bien où sont parties mes pensées. C'est aussi pour cette raison qu'elle se sert un verre chaque soir.

Bon, où en étais-je ? Des lames sont sorties de partout. Le verre de ma cabine s'est retrouvé aspergé de sang. Dans le tube d'à côté, j'entendais les hurlements de Lionne, par-dessus mes propres cris. J'avais tenté de me débattre, de sortir, briser le verre, mais les lames me faisaient encore plus mal. Ensuite, un gaz était sorti et il n'y avait eu plus que la douleur pour me rappeler que j'étais en vie.

J'étais resté deux, trois, peut-être quatre jours dans le coma, personne ne me l'a jamais dit. J'avais fait un malaise en découvrant mes mains, ou plutôt mes pattes, puis un deuxième en voyant mon reflet dans le miroir. On m'avait tendu une carte d'identité, avec ma photo, et avec à côté un seul nom : Lion.

Et c'est là que je me suis rendu compte à quel point j'étais idiot. La première question que j'avais posée en découvrant ma nouvelle pièce d'identité était : « Et comment on va me distinguer des autres lions ? »

Renard avait rigolé, mais n'avait pas répondu.

Pour Lionne, ça avait été plus long. Elle était restée trois semaines dans le coma. J'étais venu à son chevet tous les jours. Avec l'argent du contrat, j'avais acheté un appartement ici, dans la ville aux animaux. Mais si, dans le monde des humains, l'argent du contrat représentait un joli pactole, ici, il ne représentait que cinq ans de salaire. Alors, j'avais acheté un appartement et trouvé un travail avant que Lionne ne se réveille. Ensuite, elle était restée un peu à l'appartement, toujours alitée. Chaque jour, en rentrant du travail, je me surprenais à prier pour ne pas la trouver morte. Mais elle était là, chaque jour, silencieuse, fixant le mur d'un regard vide.

Puis un jour, elle s'était levée, et sans un mot, avait quitté l'appartement. Elle était revenue quelques heures plus tard avec un contrat de travail en poche, et aussi de nouvelles fringues.

Nous n'avions jamais abordé le sujet des tubes. Ici, personne n'en parlait. Chaque animal que je croisais, aux courses, au travail, en me baladant, était passé par là, j'en avais la certitude. Je le voyais dans leur regard. Il brillait du même désespoir que le mien.

Cela faisait plus de dix ans, maintenant. Notre vie n'avait pas changé, hormis nos têtes de félin et un passage plus fréquent de l'aspirateur. Chaque fois qu'un animal disparaissait, un autre animal de la même espèce sortait du laboratoire peu de temps après. Personne ne comprenait comment ni pourquoi nous étions là.

Et puis, un jour, Renard avait passé un message vidéo dans la ville. C'est comme ça qu'on communiquait, ici. Enfin, que Renard communiquait. Les visionnages étaient obligatoires, alors, aucun prétexte pour esquiver. Nous devions nous réunir à la Grande Tour le soir même.

La Grande Tour, c'était le cœur de la ville. C'était une tour, blanche et immense, depuis laquelle Renard faisait ses discours. Ce jour-là, Lionne n'avait pas dit un mot de la journée. Cela faisait dix ans qu'elle ne parlait plus vraiment, mais ce jour-là, je n'avais pas eu le droit à une seule syllabe. Une heure avant la réunion, elle m'avait enfin adressé un sourire, puis m'avait fait signe de la suivre. Elle était sortie de l'appartement et avait emprunté l'escalier de service. Elle avait gravi les marches une à une, sans dire un mot, avec moi sur ses talons, passablement essoufflé. Pas très glorieux, pour le roi de la jungle.

Nous étions arrivés sur le toit. D'ici, nous pouvions voir la Grande Tour et une bonne partie de la ville. La ville, morne, grouillante et vide à la fois. Affreuse.

Lionne était montée sur le bord. Elle s'était tournée vers moi et m'avait souri de nouveau. J'étais monté aussi. Elle avait pris ma main, sans cesser de sourire. J'avais compris. Nous avions avancé. Puis encore un peu.

Avant de nous laisser tomber dans le vide.

***

La réunion avait eu lieu sans nous. Je n'ai jamais su ce qui s'y était dit. Je m'étais réveillé au bout de trois semaines, avec deux pattes cassées et un trauma crânien. Et sans Lionne.

Depuis, chaque soir, je fumais ma cigarette en l'attendant. Puis je l'imaginais rentrer de nouveau, enlever ses chaussures, remettre sa crinière en place, puis se servir un verre pour noyer son désespoir. Mais le liquide ambré finissait dans ma gorge, car Lionne n'était plus là pour le boire. M'enivrer à sa place comblait un peu le vide qu'elle avait laissé.

***

J'avais passé des semaines, des mois peut-être, à ne pas sortir de chez moi. Je restais là, devant l'ordinateur, à regarder des vidéos toutes plus débiles les unes que les autres, pourvu que je n'aie pas à réfléchir. Je ne sais pas ce que j'avais espéré en sautant de cet immeuble avec Lionne. Je ne pensais pas m'en tirer. J'avais chaque jour contemplé ma crinière dans le miroir, en me trouvant plus laid à chaque examen de ma personne. En sautant, j'avais simplement espéré trouver une liberté que je n'avais trouvée ni dans ma vie d'avant ni ici. Roi de la jungle, mais pas de la ville, j'en étais certain.

Aujourd'hui, ça s'agitait devant le laboratoire. Je fixais la porte, appuyé contre ma fenêtre. Les curieux se pressaient devant l'entrée. Comme si la nouvelle était surprenante. C'était chaque fois pareil, mais d'habitude, je n'étais pas aussi amer. Je ne voulais pas voir ça. Je ne voulais pas l'apercevoir ni voir les regards emplis de pitié de mes compagnons d'infortune se tourner vers moi. La porte s'ouvrit et une créature toute en fourrure sortit du laboratoire, l'air déboussolée. Je fermai la fenêtre d'un geste brusque. C'était trop. Trop, trop, trop. Je montai de nouveau sur le toit, en priant cette fois pour ne pas me rater. Je jetai un dernier regard vers la porte du laboratoire. Son regard me percuta de plein fouet. Lionne, crinière au vent, me fixait droit dans les yeux.

Je ne savais pas pour quelle raison Renard faisait tout ça. Mais en voyant cette nouvelle Lionne, identique à ma Lionne, j'avais compris que je ne pouvais plus laisser faire ça. La liberté imparfaite des autres ne valait pas moins que mon propre désespoir. Je ne pouvais pas mourir et forcer quelqu'un d'autre à prendre ma place. À chaque Lion mort, ce serait un nouvel humain pour nourrir les tubes de verre et la folie de Renard. Je jetai un autre regard vers Lionne, en contrebas. Elle me fixait, impassible, et les autres l'imitèrent.

Le poids de leur regard me poussa à descendre du bord. Je ne pouvais plus espérer une autre vie. Alors, j'offrirais à quelqu'un ma liberté, en restant en vie.

René Jacquet a publié deux livres, le premier étant un roman de politique-fiction (*Le Sage du petit village*) et le second un recueil d'histoires très coquines, prouvant si nécessaire qu'il peut traiter toutes sortes de sujets. Il participa pour la première fois à un concours de nouvelles en proposant sa candidature au prix Pégase (1985), et le fait d'en terminer lauréat l'incita à récidiver, continuant à glaner par-ci par-là victoires et places. Aujourd'hui, à 76 ans, après une longue période d'abstinence littéraire due à un AVC, il recommence à tenter sa chance. Se retrouvant dans les 15 premiers de « 48 heures pour écrire », ne doutons pas que ce nouveau départ et son résultat donneront à René Jacquet l'envie de persister et de retrouver les plus hautes marches du podium.

René JACQUET

DAME PIE, MA MIE

Dame Pie, ma mie, que vous êtes jolie. Comment, rien qu'avec du noir et du blanc, pouvez-vous avoir une livrée aussi attrayante ? D'autres de vos amis, ailés comme vous, plaisent au regard grâce à leurs couleurs, tels les aras, ou plus simplement le petit rouge-gorge. Mais vous, rien que du noir et du blanc. J'ai eu l'outrecuidance, ne m'en tenez pas rigueur, de longuement vous observer. Après des heures de cet exercice, j'ai découvert un soupçon de bleu, mais d'une part si foncé qu'il était logique de le croire noir, et d'autre part si peu étendu qu'il n'y paraissait pas. Ah si ! vos yeux rouges qui font baisser le regard de celles et ceux qui osent vouloir, me semble-t-il, vous hypnotiser. Mais comment faites-vous donc pour autant plaire ?

Soudain, un véritable drame se produit. Charmée par ces belles paroles, Dame Pie voulut répondre, espérant conforter son emprise sur cet admirateur, un ignoble et vil corbeau. Et là, personne n'aurait persisté à la voir si mignonne : le son de sa voix n'était qu'une effroyable crécelle. On ne voyait plus ce splendide plastron d'un blanc immaculé, ces belles et fines pattes noires au plumage sombre, mais bien proportionné, cette longue et mince queue sans cesse en mouvement, ces ailes qui autorisaient toutes les acrobaties aériennes, et enfin surtout la tête, cet élément essentiel à sa splendeur. Non, rien de ces merveilles, dès qu'elle poussait ce qu'elle croyait être une chansonnette, ne pouvait résister à l'ignominie de ces notes, de cette atroce tessiture, et chacun aussitôt tournait la tête, se bouchait les oreilles et considérait Dame Pie comme la chose la plus laide de toute la gent volante. Même Dame ou Monsieur Corbeau disposaient d'un certain charme, pour ne pas dire d'un charme certain, si on les comparait à elle. Mais comment notre si bel animal pouvait-il s'avérer, uniquement pour avoir osé chanter, ou plus simplement encore voulu exprimer ses sentiments, soudain aussi ignoblement moche ? Il paraît qu'un jour, un homme a dit à une femme : « Sois belle et tais-toi ». Il connaissait probablement, c'est quasi certain, Dame Pie !

Les humains, notre Dame Pie les connaît bien. Il le faut absolument pour pouvoir leur voler tout ce qui brille et qu'ils arborent si volontiers. Leur dérober un bijou rutilant, un objet lumineux, toutes ces choses qui tentent si violemment notre chapardeuse, nécessite qu'elle sache comment y parvenir sans se faire prendre. Alors, elle surveille leurs habitudes, la façon dont ils protègent ce qu'elle convoite, et c'est ainsi qu'elle découvre les mœurs de ses prochaines victimes, du moins l'espère-t-elle. Une baronne, détenant sur sa coiffeuse de si belles pierres brillantes à souhait, est épiée depuis des jours et des nuits.

Elle adore arborer des colliers, des boucles d'oreilles, des camées, des bagues et autres splendeurs qui tentent tellement Dame Pie. Cette dernière est donc en phase d'observation, suivant discrètement cette exposition de ce qui va bientôt se retrouver, du moins elle l'espère, dans son nid haut perché, et déjà bien rempli de si belles choses. Notre prochaine victime termine une journée épuisante : longues promenades dans le parc d'un gigantesque château, occasion de montrer ses inestimables bijoux, démontrant si besoin est la richesse de son amant actuel, un vieux beau attiré par les généreux appâts d'une femme sans scrupule qui n'est attirée que par l'argent. Ah, si Dame Pie le pouvait, il lui serait si facile de se mettre nue dans le lit de ce crétin pour obtenir tout ce qui la tente. Mais elle sait bien, notre mie aux si belles plumes, qu'à part les voler, ces splendeurs ne lui seront jamais offertes. Et surtout, elle a fini par comprendre que ce n'est pas, contrairement à la baronne, avec une chansonnette qu'elle pourra charmer ses victimes. Cette petite méchanceté qui conseille « sois belle et tais-toi » lui va tellement bien qu'elle enrage d'être nullement, du moins vocalement, supportable. Belle, elle sait qu'elle l'est, mais hélas, ça s'arrête bien là.

Notre Pie en a assez de ne pouvoir parler, chanter, ni même parfois hurler sa peur tout autant que son bonheur. Elle a aussi une grande envie de fonder un foyer, d'avoir en permanence à ses côtés le monsieur Pie de sa vie, celui qui la défendra, la protégera, l'aidera à surveiller leurs enfants. Mais qui voudrait d'une Dame Pie à la voix aussi ignoble ? Dame Colombe, tout comme Dame Tourterelle, roucoule avec tant de charme que les mâles se battraient volontiers pour leur plaire, ce qui est loin d'être le cas pour elle, uniquement par la faute de sa voix. Existe-t-il un mâle Pie sourd, ce qui serait l'idéal ? Pourtant, nombre de ses amies, Pies comme elles, ont désormais leur compagnon.

Monsieur de La Fontaine, dans ses fables, a parfois cité des couples où l'un s'avérait franchement d'une laideur qui aurait dû se révéler insurmontable, et qui pourtant vivait avec d'authentiques splendeurs. Le Belle et la Bête,

Quasimodo, et combien d'autres ont inspiré des écrivains traitant pareil sujet. En définitive, Dame Pie ne doit plus désespérer, elle finira par le trouver, le compagnon du reste de ses jours.

Elle a bien réfléchi à son problème, et a décidé de continuer à étaler son ramage, mais aussi et surtout de cesser d'émettre le moindre son. Comme l'homme le conseille, elle accepte d'être belle, mais hélas, aussi de se taire. Peut-être ainsi finira-t-elle par dénicher l'amoureux de ses vieux jours. Elle alla jusqu'à participer à toutes sortes de regroupements, de voyages, de jeux entre pies mâles et femelles de tous âges. Après tout, jeune ou vieux, qu'importe, pourvu que ce compagnon soit gentil, sérieux, aimant, protecteur, bref, pourvu qu'il dispose de tout ce dont une compagne a besoin. À plusieurs reprises, elle pensa avoir enfin trouvé, mais hélas, l'un s'avéra n'être qu'une sale brute dès qu'ils se retrouvaient seuls, l'autre un piètre fainéant qui refusait le moindre travail, bref, l'amoureux transi devenait l'animal rare, pratiquement inexistant.

Elle n'était pas loin d'abandonner. Puis le miracle arriva ! Alors qu'il était d'abord simplement gentil et serviable, elle constata qu'il recherchait le plus souvent possible la moindre occasion de lui venir en aide, pour la distraire gentiment. De son côté, de plus en plus difficilement, elle gardait le silence par peur de le voir fuir au moindre son qu'elle proférerait. Il finit même par en prendre ombrage, par penser qu'elle ne voulait pas partager cette merveilleuse entente qu'il envisageait. Il lui en fit la remarque, mais elle garda encore le silence, terrorisée par la peur, si elle lui ouvrait son cœur en lui avouant sa joie de le fréquenter, qu'il ne fût terrassé par cette ignominie vocale et s'enfuie immédiatement et irrémédiablement. L'affaire aurait bien pu s'arrêter là s'il n'avait aperçu à l'ultime seconde une larme descendre sur ce beau visage, glisser et se perdre dans ce plumage adoré. Non, il ne pouvait laisser leur début d'histoire se terminer ainsi, et il le lui dit, franchement, avec toute la sincérité dont il était capable. Dame Pie ne savait plus que faire, comment réagir pour garder ce nouvel et adorable ami, sans doute aussi futur compagnon.

Alors que chacun cherchait comment éviter tout malentendu, désireux avant tout de conserver cette belle amitié naissante, le ciel soudain s'assombrit et un orage de violente ampleur se mit à menacer. Les premières gouttes de pluie s'écrasèrent tout autour d'eux, rendant très urgent de se protéger d'une éventuelle inondation. Déjà, le nid de Madame commençait à se remplir peu à peu d'eau, et si les ennuis continuaient ainsi, dans peu de temps, des semaines de difficile travail pour rendre cet endroit confortable seraient anéanties.

Le beau et adorable monsieur Pie se mit alors à tout tenter pour empêcher cette catastrophe : il commença, sous une pluie battante, à partir chercher les matériaux destinés à réparer les dégâts causés par les éléments, remplacer les branches emportées par le vent, évacuer tout ce qui transformait ce doux logis en bouge ignoble et impraticable. Ne comptant pas sa peine, courant de grands risques à affronter ainsi la tempête qui désormais régnait sans entraves, il finit par vaincre et rendre à celle qu'il admirait tant un nid des plus confortables. Il était épuisé et ses belles plumes, désormais très abîmées, avaient besoin d'une indispensable remise en état. Dame Pie se fit logiquement un devoir de jouer les infirmières et de tout faire pour que son sauveur fût soigné et récompensé. Mais elle ne pouvait plus rester silencieuse, elle devait obligatoirement le remercier, lui susurrer combien elle lui était reconnaissante pour cette aide bienvenue qu'il venait d'offrir si généreusement. Impossible de continuer à se taire pour éviter de le faire fuir, lui imposant ce qu'elle redoutait le plus depuis qu'elle l'avait découvert.

Ce fut très douloureux, très dangereux, mais elle accepta de courir le risque. Elle commença par accrocher son regard, resta un long moment sans bouger, sans parler, presque sans respirer, puis elle osa se lancer. Pendant un très long moment, elle lui dit tout, ses peurs, sa solitude, ses sentiments pour lui, sa terreur de le voir fuir si elle lui disait un seul mot de sa voix insupportable. Et lui ne parlait pas, ne bougeait plus, continuait à récupérer des efforts qu'il venait de faire pour elle, pour qu'elle puisse conserver un chez-soi le plus confortable possible. Il ne l'entendait même plus, se contentant de l'observer, de l'aimer aussi, de plus en plus. Il ne voyait pas comment elle pouvait oser se croire aussi peu agréable quand elle prononçait ces mots si gentils, si tendres et doux.

Mais il avait compris que le lui dire était inutile. Il lui suffit de se rapprocher d'elle, de sécher les larmes qui continuaient à perler sur son délicieux visage. En deux ou trois petits coups de bec délicats, ces petites perles d'eau disparurent, et ils se rapprochèrent encore un peu plus l'un de l'autre, tendrement, délicatement. Ils restèrent un long moment ainsi, savourant ce nouveau plaisir, lorsque, enfin, il exprima son bonheur, ainsi que ce qu'il éprouva pour l'avoir entendue exprimer son amour. Ces petits mots, ces petites phrases, il les attendait avec tellement d'impatience, qu'il les reçut comme un cadeau du ciel, de ce ciel qui soudain avait chassé les sombres nuages pour faire enfin place à un splendide ciel bleu et un soleil bienvenus. Que souhaiter de plus maintenant que l'amour s'était si bien déclaré dans leur cœur ?

Une nouvelle vie commença pour tous les deux, avec chaque jour un peu plus de tendresse, de chaleur, de plaisirs, une vie dont tous deux avaient rêvé sans oser y croire, et pourtant… Et pourtant, désormais, elle était bien là, réelle, sans jamais le plus petit problème, la moindre retenue, cette nouvelle existence. Ils entamèrent un art de vivre exceptionnel, un art dont jamais elle n'aurait imaginé la solidité, la puissance aussi, un art jusqu'ici impensable et pourtant désormais bien réel.

Elle allait de surprise en surprise, chaque jour plus agréable l'une que l'autre. Ils partaient tous deux pour quelques heures, parfois même quelques jours, et pour prouver à sa dulcinée combien il l'aimait, il avait pour elle de gentilles attentions, comme la fois où il lui apporta un petit paquet surprenant, mais oh combien sympathique : une feuille de vigne repliée et fermée par des aiguilles de sapin. À l'intérieur, lorsqu'elle eut fini d'ouvrir ce délicat présent, elle découvrit quantité de ses vers préférés. Jamais elle n'aurait seulement imaginé pareille attention. Pour ne pas rester redevable de ces petits plaisirs, elle osait souvent le réchauffer lorsqu'il revenait par vent froid ou une grêle glaciale, après être parti à la recherche de leurs futurs repas.

Qu'ils étaient bien ensemble ! Il avait aussi réussi l'exploit de lui faire oublier que d'autres avaient raillé la voix de son amie, de la Pie de sa vie. Désormais, il lui demandait souvent de lui raconter une histoire, et elle comprenait que, parfois, les joies du cœur peuvent transformer bien des choses.

Au nombre de ses anciens voisins, ceux qui justement avaient pris plaisir à se moquer d'elle, tous avaient accepté l'évidence que celle qu'ils avaient bêtement traitée de laideron savait rendre son compagnon heureux, merveilleusement et durablement heureux.

Et puis un beau jour, au printemps, après avoir couvé quatre œufs pendant un peu plus de deux semaines, le couple reçut le plus beau des cadeaux : de ravissants et adorables enfants. L'heureux papa s'occupa de sa progéniture de telle façon qu'il fit l'admiration de toutes celles et tous ceux qui le connaissaient. L'heureuse maman n'eut à sa charge que l'éducation, et en ce domaine, elle démontra à quel point elle était apte à réussir. Parents heureux, enfants heureux, voisinage admiratif, des rêves qui devenaient peu à peu réalité. Longtemps, alors que les œufs n'avaient pas encore accepté de libérer les bébés, maman redoutait que cette belle marmaille jacasse aussi laidement qu'elle, continuant toujours à se croire parfaitement ignoble de ce côté-là. Mais elle se rassura lorsque ses enfants poussèrent leurs premiers sons. Même une mésange ou un rossignol ne chantaient pas mieux que ses petits. Ah, ce que l'amour peut transformer les sens, c'est incroyable !

Désormais, cette famille de six individus était l'exemple à suivre, et nul n'aurait l'idée de se montrer méchant envers un seul de ses membres. Le jour où un chat eut la triste idée de vouloir s'en prendre à l'un des oisillons, ce furent une bonne douzaine de pies déchaînées qui le firent changer d'avis, et depuis cette homérique bataille, plus un seul félin n'eut envie d'en découdre avec les pies du secteur. Chasser, oui, mais loin d'ici pour ne pas se faire remettre en place par ces oiseaux teigneux et méchants.

Puis cette marmaille grandit, eut chaque printemps des frères et sœurs, et finit par composer les uniques résidents du quartier où l'histoire de leurs parents avait vu le jour. Les humains avaient fini par accepter cette véritable tribu, alors que partout ailleurs, leurs congénères n'étaient pas aimés, loin de là, et systématiquement chassés, que ce soit par les adultes, ou même par les enfants et leurs terribles lance-pierres. Chose incroyable : en plein été, par ces temps de canicule, plusieurs personnes décidèrent de leur venir en aide en installant des points d'eau pour leur permettre non seulement de se désaltérer, mais même de se baigner dans des petits bacs toujours pleins d'une eau propre et rafraîchissante. Que demander de plus pour être heureux ? Pour parvenir à pareil résultat, Dame Pie avait admis qu'il fallait cesser tous ces chapardages, tous ces cris effroyables, et laisser les humains profiter dans le plus grand calme de leur jardin, à l'ombre de leurs arbres. Il n'en fallait pas plus pour que la vie de tous découvre le gagnant/gagnant.

Désormais très âgés, Dame et monsieur Pie vivent heureux.

Je suis actuellement professeur de sciences de la vie et de la Terre en collège. Entre autres, je suis passionné de science-fiction, de cinéma, de jeux vidéo, de bandes dessinées… J'ai toujours aimé inventer des histoires et les coucher ensuite sur papier pour les partager avec d'autres personnes. Mes goûts naturels m'ont amené à raconter principalement des histoires fantastiques, faisant travailler l'imagination du lecteur. Ainsi, mes auteurs préférés sont Stephen King, Terry Pratchett, Alexandre Dumas ou encore H. P. Lovecraft. À ce jour, j'ai publié deux romans et un recueil de nouvelles. Mon dernier roman, *Le Miroir de l'âme*, est d'ailleurs publié chez Edilivre.

Michael PIGACHE

UN SACRIFICE NÉCESSAIRE

M. Paresseux pénétra dans la pièce sans un mot. Il referma lentement la porte derrière lui et, d'un pas nonchalant, rejoignit la table qui trônait au milieu de la salle d'interrogatoire. Il retira sa casquette, dévoilant un crâne aplati sur le dessus, et la posa délicatement devant lui.

Il s'assit enfin en face du suspect en soupirant. Il semblait encore essoufflé par la longue course-poursuite qui l'avait amené à mettre le grappin sur le tueur de Mme Fourmilier, sa cousine.

Ce meurtre affreux l'avait particulièrement affecté, et il s'était fait une priorité de mettre derrière les barreaux celui qui avait fait ça. Il l'avait enfin sous les yeux, et il était seul avec lui dans une pièce fermée du commissariat.

L'intéressé ne lui avait pas encore adressé le moindre regard. Il semblait perdu dans ses pensées, fixant la fenêtre munie de solides barreaux, qui donnait sur l'extérieur du commissariat.

Le policier commença à tapoter la table de ses longues griffes pour attirer l'attention du suspect. Celui-ci se retourna vivement, posant ses grands yeux sans expression sur son interlocuteur.

Ils ressemblaient à deux grosses billes d'un noir de jais. Un léger voile bleuté recouvrait son œil gauche, sans doute touché par la blessure qui était à l'origine de la grande cicatrice qui lui barrait toute la face.

— M. Salamandre, commença le paresseux, vous êtes suspecté du meurtre de Mme Fourmilier. Je suis ici pour vous interroger à ce sujet. Pour commencer, pouvez-vous répondre à quelques questions administratives ?

— Avec plaisir. Mais, avant de commencer, pourrais-je avoir un verre d'eau pour hydrater ma peau qui commence à se dessécher ?

Le policier hésita à accéder à sa demande. La perspective d'assister à l'agonie de l'amphibien se desséchant sous ses yeux était séduisante. Après tout, ce dernier n'avait pas eu la même clémence avec sa cousine…

Néanmoins, il tenait à obtenir les aveux de M. Salamandre. Et pour cela, il valait mieux le mettre dans de bonnes dispositions…

Il pressa un petit bouton rouge qui se trouvait sous la table, de son côté.

Aussitôt, la porte s'ouvrit, laissant apparaître un loup en tenue de policier.

— Tout va bien ? demanda celui-ci.
— Oui. Peux-tu juste apporter un verre d'eau, s'il te plaît ?

Le second policier revint quelques secondes plus tard avec le précieux liquide. Il referma la porte derrière lui et prit place sur une chaise, à côté de son collègue. Cela sembla contrarier la salamandre.

— Je ne parlerai qu'à M. Paresseux, énonça-t-il.

— Et pourquoi ça ? aboya le loup en montrant les crocs. Je ne crois pas que vous soyez en position de poser vos exigences…

Le paresseux posa ses griffes sur le bras de son collègue dans un geste d'apaisement.

— C'est bon, lui dit-il. Je m'en occupe. Reste près de la porte au cas où…

Le canidé se leva et approcha son museau si près du suspect qu'il put renifler les effluves de sang émanant de la grande bouche de l'amphibien.

— Ne t'avise pas de tenter quoi que ce soit, gronda-t-il. Sinon, tu ne ressortiras pas entier de cette pièce. Tu peux me croire.

— Très sympa, votre numéro du bon flic et du mauvais flic, lança M. Salamandre une fois que M. Loup eût refermé la porte derrière lui.

Il attrapa de ses quatre doigts charnus le verre posé devant lui et se le versa sur la tête d'un geste rapide. L'eau trempa sa chemise blanche, qui laissa apparaître par transparence la peau noire tachée de jaune qui recouvrait tout son corps.

Ce geste sembla lui procurer un grand soulagement. M. Paresseux ne put réprimer un frisson qui lui parcourut le corps. Il avait lu quelque part que la peau de la salamandre pouvait être très toxique. Comment la nature avait-elle pu offrir une telle arme à un être aussi dangereux pour la société ?

— Je suis prêt à répondre à vos questions, lança l'amphibien.

— Où vivez-vous ?

— Je vis dans une grotte, au nord de la ville.

— Pourquoi vous être exclu ainsi de la société ?

Il parut surpris.

— Vous croyez que c'est simple de devoir constamment fuir la chaleur et de toujours rechercher l'humidité ?

Le paresseux haussa lentement les épaules.

— J'ai bien une grenouille qui vit à deux pas de chez moi. N'essayez pas de vous trouver des excuses…

— Les grenouilles…, répondit le suspect d'un air méprisant. Si elles acceptaient de partager les zones humides, je ne serais pas obligé de me terrer dans une grotte…

— Je vois… Quel est votre régime alimentaire ?

— Carnivore, répondit la salamandre en lui adressant un grand sourire qui dévoila une interminable rangée de petites dents pointues, aiguisées comme des couteaux.

Le paresseux déglutit difficilement.

— Comment faites-vous pour vous nourrir ?
— Je chasse.
— Vous savez que c'est interdit ! Tous les animaux sont sous notre protection. Les carnivores doivent utiliser une nourriture de substitution !

L'amphibien ne put réprimer une grimace de dégoût.

— Vous voulez parler de ces trucs sans goût ? ! Désolé, mais j'ai besoin de viande fraîche. Je suis un fin gourmet. J'aime manger et je sélectionne toujours mes proies avec soin.
— C'est pour cette raison que vous avez tué Mme Fourmilier ?

L'intéressé sembla amusé par la question.

— Vous me semblez pressé d'en venir aux faits. Ne voulez-vous pas que je vous raconte toute l'histoire depuis le début ?

Le paresseux commençait à ne plus supporter la vue de cet animal répugnant, à la peau visqueuse et à la moralité discutable. Il était tenté de mettre fin prématurément à l'interrogatoire. De toute façon, la salamandre avait pratiquement avoué le meurtre de sa cousine.

Néanmoins, une curiosité un peu morbide le poussait à écouter l'histoire du suspect.

D'un geste lent, il lui fit signe de commencer.

— Comme je viens de vous le dire, je me considère comme un fin gourmet. Je dirais même plus un collectionneur. Je suis sans cesse à la recherche de nouvelles saveurs. Je prends énormément de plaisir à accrocher une nouvelle espèce à mon tableau de chasse. Je me souviens en détail de la saveur de la chair de chacune de mes proies. Lundi dernier, je flânais près du centre commercial sur les coups de 13 heures. La faim commençait à me tirailler l'estomac et je décidai de me mettre en quête d'une proie qui en valait la peine. J'avoue qu'il n'y avait pas grand-chose d'original à se mettre sous la dent. Des souris, mais elles n'ont que la peau sur les os. Des chiens, mais ils ont la chair filandreuse et ferme. De plus, ils sont particulièrement dangereux à chasser s'il leur prend l'idée de se défendre. La viande de chat est trop forte à mon goût, et celle de vache pas assez. En bref, j'avais besoin d'exotisme. Après avoir longuement arpenté toutes les allées du centre commercial, j'ai fini par me résoudre à jeter mon dévolu sur une jeune dromadaire qui s'était endimanchée dans une grande robe rose bonbon d'où dépassaient ses deux pattes arrière, couvertes de poils couleur sable. Pour terminer le tableau, elle avait rehaussé sa large bouche d'une épaisse couche de rouge à lèvres assorti à sa robe. J'avais déjà goûté la viande de dromadaire par le passé, mais il s'agissait malgré tout du spécimen le plus intéressant à avoir croisé ma route ce jour-là. Je commençai donc à la suivre en gardant mes distances pour ne pas me faire repérer. Mon idée était de la traquer jusque chez elle et de consommer mon festin sur place. Je dus m'armer de patience, car la traque fut longue. La dromadaire, prise d'une irrépressible envie de refaire l'intégralité de sa garde-robe, visita une quantité impressionnante de boutiques. Mon ventre commençait à crier famine et, au moment où j'allais abandonner l'idée d'attendre qu'elle soit chez elle pour l'attaquer, elle décida enfin qu'elle avait dépensé suffisamment d'argent pour aujourd'hui. Elle sortit du centre commercial, les bras chargés de sacs pleins à craquer, et prit la direction de son appartement. En traversant la rue, deux de ses paquets lui échappèrent et finirent leur course sur le bitume. Je m'empressai de profiter de la situation pour les ramasser et aborder ma proie. Je lui proposai de l'aider à porter ses sacs jusque chez elle, ce qu'elle accepta avec plaisir. Alors que nous étions arrivés en bas de son immeuble, elle me proposa de monter quelques minutes pour m'offrir un rafraîchissement, en remerciement de mon aide. Je la soupçonne d'avoir voulu m'offrir bien plus… Toujours est-il que j'acceptai avec joie, trop heureux que toutes les étoiles s'alignent si parfaitement. Pendant que je suivais Mme Dromadaire dans l'escalier, salivant d'impatience à l'idée de croquer goulûment dans le galbe de ses cuisses, un bruit de porte m'indiqua que quelqu'un était sorti de chez lui et allait me surprendre en compagnie de ma proie. Je tentai donc de masquer mon visage derrière les sacs que je portais. Il s'agissait de Mme Fourmilier et, au moment même où je la croisai dans l'escalier, je sus que c'était elle la proie d'exception que je recherchais désespérément. Je n'avais pas encore accroché de Fourmilier à mon tableau de chasse, et l'occasion était trop belle. Ma nouvelle proie poursuivit son chemin et sortit de l'immeuble. Je devais la rejoindre au plus vite. Je m'empressai de prendre congé de Mme Dromadaire, qui sembla déçue que je ne la suive plus dans son appartement. Elle ne s'était pas rendu compte de la chance qui était la sienne. Elle venait d'échapper de peu à la mort. Au passage, je suppose d'ailleurs que c'est elle qui vous a rencardé à mon sujet ? (Le policier acquiesça en silence.)

Toujours est-il que je descendis quatre à quatre les escaliers et que je me jetai telle une furie dans la rue. J'aperçus Mme Fourmilier qui tournait au coin de la rue. Je m'empressai de la rejoindre, la talonnant. Au moment même où nous passions devant une petite ruelle, je projetai ma longue langue autour de son long museau pour la bâillonner, et je l'attirai de force dans la ruelle. Je crois qu'il est inutile que je vous raconte la suite. Je suppose que vous avez vu les restes de son corps…

— Effectivement, répondit le paresseux.

Il fit une pause, le temps de reprendre ses esprits.

— Votre histoire est très intéressante, conclut-il. Néanmoins, je dois vous faire remarquer que vous venez de m'avouer avoir commis de très nombreux meurtres. J'ai de quoi vous faire passer le reste de vos jours derrière des barreaux. Pourquoi avoir accepté de vous livrer ainsi ?

— Parce que je sais que mon histoire ne sortira pas d'ici.

Un sourire carnassier fendit le visage noir et jaune.

Le policier fronça ses sourcils broussailleux.

— Que voulez-vous dire ?

— Vous croyez vraiment qu'un paresseux aurait pu m'attraper si facilement si je ne l'avais pas voulu ?

Cette révélation fit le même effet au policier qu'un coup de poing dans le ventre. Il en avait le souffle coupé.

— Et quel intérêt auriez-vous à vous laisser capturer ? réussit-il à articuler.

— On dit qu'un tueur revient toujours sur le lieu de son crime. Je ne sais pas si c'est vrai. En tout cas, ça l'a été pour moi. Je suis revenu plusieurs fois devant l'immeuble de Mme Fourmilier. J'imagine qu'une partie de moi n'avait pas oublié Mme Dromadaire. Du moins, jusqu'à ce que je vous voie. (Il fit une longue pause, avant d'ajouter :) Vous savez, je n'ai encore jamais eu l'occasion de goûter du paresseux...

Du geste le plus rapide qu'il put, le policier s'empressa d'aller appuyer sur le bouton rouge sous la table. Son collègue ne ferait qu'une bouchée de la salamandre.

En un éclair, la langue du suspect jaillit de sa large bouche, agrippant la main du policier et ruinant aussitôt tous ses espoirs d'avertir M. Loup.

— À table ! murmura l'amphibien sans se départir de son sourire malsain.

Trouvant que l'interrogatoire s'éternisait, le loup décida de prendre l'initiative de vérifier que tout allait bien pour son collègue.

Il entrouvrit la porte et resta un moment interdit face à la pièce vide.

Où étaient-ils passés tous les deux ?

Il n'avait pas bougé de derrière la porte, et il n'y avait pas d'autre issue, à l'exception de la petite fenêtre dont les barreaux étaient intacts.

Alors que sa matière grise bouillonnait, son regard fut soudain attiré par des morceaux de chair qui jonchaient le sol. Il reconnut les griffes de son collègue et quelques touffes de ses longs poils. Plus loin, sous la fenêtre, il aperçut une partie de la tête de la salamandre, ainsi qu'une de ses pattes.

Un troisième individu serait-il venu les massacrer ?

S'agirait-il du véritable coupable de la vague de crimes qui frappait la ville depuis de nombreux mois ?

Il commença à hurler à la mort pour alerter ses collègues, qui s'empressèrent de le rejoindre.

— Que se passe-t-il ici ? tonna le commissaire Bonobo en fendant la foule.

— Chef ! Quelqu'un a massacré Paresseux et le suspect qu'il interrogeait.

Le loup montra de la patte les restes de son collègue et ceux de la salamandre, en guise de démonstration.

— Je ne comprends pas comment il s'y est pris, poursuivit-il. Je vous assure que je n'ai pas quitté la porte des yeux durant tout l'interrogatoire.

Le commissaire se pencha sur les restes du suspect.

— Une salamandre, murmura-t-il. Ne cherchez pas plus loin. Nous l'avons, notre coupable.

Devant l'incrédulité du canidé, il ajouta d'un ton las, en s'éloignant du lieu du crime :

— Les salamandres ont la particularité de pouvoir régénérer une partie de leur corps. Le coupable est passé entre les barreaux de la fenêtre en se séparant des morceaux de son corps qui ne passaient pas… Il doit être loin, maintenant.

Patrick Lopez est le dixième et dernier enfant d'une famille de modestes paysans. Il a vécu jusqu'à 45 ans dans le Vaucluse, entouré d'une famille apparemment unie, fidèle, solide…

Après, il a vu, entendu, vécu tellement de choses incroyables : des moments douloureux, des grands moments de solitude. Il a été déçu par certaines personnes en qui il avait confiance, surpris par d'autres qui ont su l'écouter et l'aider sans poser de questions…

À 63 ans, il prend le temps d'avoir le temps. Le temps d'écrire… En deux ans, il a écrit plusieurs romans, les trois premiers sous le nom de Salvador Porfavor en hommage à son papa… Dans tous ses écrits, les enfants sont toujours présents et souvent au centre de l'histoire…

Patrick LOPEZ

ET SI J'ÉTAIS LA PETITE SOURIS ? OU LA FAMILLE DENTSDURES

Lili la petite souris est épuisée. Toute la nuit elle a travaillé, sans relâche. Son petit sac rempli de cadeaux sur le dos, elle a fait au moins cinq kilomètres à pied… C'est elle qui glisse un petit sou ou des bonbons, parfois les deux, sous l'oreiller des enfants. Ensuite, elle doit rapporter la dent que le petit enfant a perdue. Elle doit être organisée et suivre à la lettre les ordres du sous-sous-chef. Avant de partir, une liste lui a été remise, ce n'est pas elle qui décide. Sa formatrice Mimi lui a bien dit : *aucune initiative*. Les ordres doivent être suivis, en cas de problème, il faut faire un rapport en trois exemplaires et le donner au sous-sous-chef qui le donnera au sous-chef qui lui, le transmettra au grand chef. Lili n'a vu le grand chef qu'une seule fois. Il n'est pas très souriant, son regard est sévère, sa voix très rauque et très forte. Lili, ce jour-là, n'a pas osé le regarder, elle a baissé la tête et écouté les ordres du grand chef sans rien dire… Depuis, cinq nuits par semaine, elle apporte du bonheur aux enfants… Elle connaît presque toutes les maisons sur un rayon de plusieurs kilomètres. Deux jours de congé par semaine, ce n'est pas de trop et pourtant elle ne dort pas beaucoup. Elle pense à tous les enfants qui n'ont pas droit à la visite de la petite souris, à ces enfants oubliés…

Elle a demandé à Mimi : « Pourquoi ne va-t-on jamais dans cette grande ferme ? Il y a plein d'enfants, je les vois s'amuser dans la cour. »

Mimi répond en fronçant les sourcils : « C'est la ferme des Dentsdures, aucune souris ne rentre là-bas !

— Et pourquoi ? »

Mimi rétorque en haussant le ton : « Je ne sais pas, moi, demande au grand chef ! »

Lili dit en rougissant : « Tu sais très bien que je n'aurai jamais le courage. Tu veux bien m'aider, s'il te plaît ? »

Mimi sent que la petite souris est triste, elle lui caresse le front. « Tu es bien curieuse, toi. Je vais demander à ma vieille amie Sylvie, vingt ans qu'elle travaille ici, elle doit savoir. Je te tiens au courant. »

Lili a retrouvé son beau sourire. « Merci, merci ! »

Pendant ses deux jours de repos, Lili ne pense qu'à ces enfants privés de cadeaux. Elle voudrait tellement qu'ils soient heureux, eux aussi…

Plein d'hypothèses défilent dans sa tête : ces parents sont très pauvres et ne peuvent offrir du bonheur à leurs enfants ? Ou ils sont très méchants et n'aiment pas leurs enfants ? Ou pire encore, les enfants n'ont pas de dents !

Finalement, Lili a presque découvert la vérité…

Enfin, on frappe à la porte. Lili est sûre que c'est Mimi qui vient lui parler. « Entrez ! » La porte s'ouvre. « Bonjour, Mimi, je croyais que tu m'avais oubliée ! » Mimi n'est pas vraiment surprise par l'accueil de Lili. « Excuse-moi, en ce moment, il y a beaucoup de travail. C'est la pleine lune, les enfants perdent plus leurs dents que d'habitude ! » Lili lance, impatiente :

« Tu as vu ton amie Sylvie, elle t'a dit quoi ?
— Elle non plus ne sait pas. Mais… »

Lili est de plus en plus impatiente. « Mais quoi ? » Mimi, visiblement, prend du plaisir à faire languir Lili. Sans se presser : « Elle a eu le courage d'en parler au grand chef. » Lili dit en voyant que Mimi s'arrête de parler : « Et alors, et alors ! » Mimi lui répond en souriant : « La ferme est habitée par les Dentsdures, qui ne sont pas des gens ordinaires. Ce sont les seuls dans le pays, peut-être les seuls dans le monde qui… » Lili, excitée comme une puce, s'énerve : « Qui quoi ! Dis-moi ! » Mimi est fière de faire durer le suspense. « Ce sont les seuls qui naissent avec toutes leurs dents et ne les perdent jamais ! C'est incroyable non ? » Lili est au bord des larmes. « Ce n'est pas juste ! Ce n'est pas leur faute si leurs dents ne tombent pas ! » Mimi semble surprise par la réaction de la petite souris. « L'avantage, c'est qu'ils n'ont jamais mal aux dents ! Je dois y aller, j'ai encore du travail. À bientôt, Lili ! »

Lili reste allongée dans son lit. Elle pense encore à tous ces enfants qui ne seront jamais gâtés par la petite souris.

Parfois, pendant sa tournée, Lili se cache et attend que les enfants se réveillent et regardent sous leur oreiller. Elle voit un beau sourire éclairer leur visage, elle voit s'écarquiller leurs yeux. Ces moments de bonheur, elle voudrait que tous les enfants du monde les connaissent !

Si elle avait le courage, elle irait voir le grand chef. De toutes ses forces, elle défendrait ces enfants qui n'ont pas le droit d'être cajolés. Malheureusement, elle n'a pas le courage de taper à sa porte, pas le courage d'affronter son regard, elle sait que la voix de son chef va lui glacer le sang. Consciente qu'elle n'aura pas la force de plaider pour ces enfants qu'elle aime déjà sans les connaître vraiment…

Dans ces moments-là, elle enfouit la tête sous les draps et elle pleure…

Jour et nuit, elle ne pense qu'à ça. Ses rêves sont devenus des cauchemars. Elle se torture le cerveau, sans trouver la solution. Elle a essayé d'en parler à Mimi plusieurs fois. La réponse de son amie est toujours la même : *Il faut obéir aux ordres et suivre le protocole !* Ce fameux protocole, si Lili pouvait lui tordre le cou, elle le ferait volontiers et sans aucun remords ! Le protocole qui rend les enfants malheureux, elle ne veut pas en entendre parler. Elle sait très bien qu'il faut obéir aux ordres, sans discuter.

Mais elle n'a plus envie d'agir comme un robot. Elle a envie de laisser parler son cœur. Chaque jour un peu plus, son âme de rebelle se réveille…

Lili est prête à tout pour voir sourire tous les enfants du monde… Prête à s'asseoir sur le protocole. Prête à désobéir aux ordres…

« C'est décidé, Mimi, je vais créer une association pour défendre les enfants oubliés ! Je peux compter sur ton aide ? »

Mimi répond en faisant la grimace : « Nous n'avons pas le droit, tu le sais ! Les humains ont déjà fait cela depuis longtemps. Tu dois les laisser se débrouiller ! » Lili rétorque, très en colère : « Alors, pourquoi il y a encore des enfants malheureux ? » Mimi lance en lui tournant le dos : « Ce n'est pas mon problème, le chef va être très en colère contre toi, tu vas voir ! »

Plus de cinquante souris travaillent ensemble, une seule a bien voulu écouter les arguments de Lili. L'association pour la défense des enfants oubliés compte à ce jour deux membres actifs : Sophie nommée secrétaire générale et Lili présidente…

Le lendemain de la première assemblée générale. Toutes les deux sont convoquées dans le bureau du grand chef. Elles n'ont pas pu lui présenter leur association. Elles ont écouté les brimades du grand chef, sans pouvoir dire un seul mot. Plusieurs fois, le grand chef a dit très fort : « Ici, c'est moi qui commande ! Et moi seul ! Si vous n'êtes pas contentes, vous pouvez partir ! Mais vous ne trouverez jamais d'emploi ailleurs. Vous pouvez me faire confiance ! Je vais m'occuper de votre cas ! »

Les deux amies sont ressorties du bureau du grand chef, la tête basse et les jambes tremblantes… Sophie a décidé de rentrer dans le rang, de suivre le protocole et d'obéir aux ordres sans discuter… Lili lui a promis de faire pareil, mais l'envie de voir sourire les enfants est toujours bien présente…

Le contrôle du stock, de bonbons et de petits sous est géré par le sous-chef. Personne n'a le droit de rentrer dans cette grande pièce remplie de trésors. Lili a bien essayé, impossible ! Quand le sous-chef n'est pas là, la porte est fermée à double tour. Il y a deux clefs, une dans la poche du sous-chef et l'autre bien au chaud, dans le tiroir du bureau du grand chef. Lili a longtemps réfléchi ; elle va faire du détournement de bonbons. Elle sait que ce n'est pas bien, mais elle s'en moque…

Il y a une épicerie au village, l'accès n'est pas facile. Les tapettes à souris sont là, du poison et même un chat…

Mais Lili est courageuse, tous les matins après avoir fini sa tournée et donné les dents récoltées dans la nuit à son sous-sous-chef, au lieu de se reposer, elle part au village. Tout doucement, elle rentre dans l'épicerie. Le chat est toujours couché au même endroit, il dort profondément. Il a eu sa ration de croquettes ce matin, pourquoi se fatiguerait-il à courir après les souris ? Il préfère dormir, ce qui arrange bien Lili. Ses jours de congé, elle les passe dans l'épicerie du village. Sa réserve de bonbons grossit tous les jours, bientôt la petite souris va pouvoir combler les enfants de la famille Dentsdures.

Hélène Dentsdures et son mari Hugo ont eu sept enfants. L'aîné a 12 ans, ensuite trois fois des jumeaux ! Ce qui fait quatre filles et trois garçons. Le labeur ne manque pas à la ferme, les journées sont longues et intenses… C'est vrai que la petite souris n'est jamais passée dans cette maison. Elle n'a jamais laissé un bonbon ou un petit sou sous l'oreiller des enfants. Hélène et Hugo y pensent parfois, mais ils n'ont jamais pris le temps de glisser un petit cadeau sous l'oreiller de leurs enfants…

Hugo lui aussi a attendu la petite souris quand il était petit, ni sa maman ni son papa n'ont su lui expliquer pourquoi la souris ne passait pas dans cette maison. Ses petits camarades à l'école se sont moqués de lui. Seul dans son lit, il a souvent pleuré et attendu la petite souris sans rien dire…

Un de ses petits camarades lui a dit un jour, sur un ton moqueur : « Vous les Dentsdures, vous n'êtes pas normaux, vous naissez avec la bouche pleine de dents et elles ne tombent jamais ! C'est pour cela que la petite souris ne vient jamais vous voir ! »

Cette phrase, encore aujourd'hui, résonne dans sa tête. Comment pourrait-il dire à ses enfants qu'ils ne sont pas normaux ? Comment leur expliquer cette anomalie de la nature ? Il regrette de ne pas avoir le courage de parler à ses enfants. Et chaque jour, il remet ça au lendemain…

Ce matin, Lili compte sa réserve de bonbons. Elle sait compter. Super ! il y a deux bonbons pour chacun des enfants de la famille Dentsdures.

Un seul problème reste à résoudre, où trouver sept petits sous ? Lili est passée sous tous les étals de l'épicerie, elle n'a trouvé que trois pièces, deux fois un euro et une fois une pièce de cinquante centimes. Ce n'est pas la fortune, mais tout au moins le début…

La jeune femme qui rentre dans l'épicerie vient chercher son pain tous les jours. Elle ne sourit pas et ne dit même pas bonjour à l'épicière. Pourtant, Léonie l'épicière est très polie, tous les clients l'apprécient. La jeune femme sort de la boutique sans prendre le temps de saluer Léonie ni de la remercier. Une petite voix intérieure dit à Lili de la suivre. Bien sûr, la jeune femme a garé sa voiture n'importe comment, sans penser qu'elle gêne tout le monde. Une personne égoïste et désagréable, pense Lili en la voyant refermer la portière de sa voiture. Ce que la jeune femme n'a pas vu, c'est son porte-monnaie qui est tombé de sa poche. Lili, elle l'a vu. Pour une souris, elle a les yeux aussi performants que ceux d'un aigle. Elle attend que la voiture se soit éloignée, elle a déjà repéré un trou dans le mur, où elle pourra cacher sa prise de guerre. Comble de chance, en tombant, le porte-monnaie s'est ouvert !

Avec beaucoup de patience, elle réussit à cacher sa proie, plus personne ne peut la voir. Il lui a fallu plus d'une heure pour rapporter son butin dans sa cachette. Elle est épuisée, mais heureuse…

Lili en rentrant dans la salle à manger de la famille Dentsdures, a tout de suite compris que ce n'est pas un jour comme les autres. Un gros gâteau est posé sur la table. Dessus, on peut lire « Pour les six ans de Lilou et Tya ». Le gâteau est énorme, les bougies sont déjà dessus. Si elle ne se retenait pas, Lili en croquerait volontiers un morceau… Elle ne veut pas faire de la peine aux deux petites filles ; elle se retient et passe son chemin. Elle a décidé que cette nuit, si c'est possible, elle mettra des bonbons et la valeur de deux euros sous l'oreiller de chaque enfant. Elle a tout préparé, parfois c'est un euro, plus deux pièces de cinquante centimes, parfois cinq pièces de vingt centimes plus un euro. Ce qui est sûr, c'est que tous les enfants auront la même somme d'argent et le même nombre de bonbons. Lili assise dans un coin attend que le repas de la famille Dentsdures soit terminé. Elle doit être sûre que tout le monde dort avant de commencer son travail… Elle n'a pas pu empêcher ses larmes de couler quand toute la famille a chanté en chœur : *Joyeux anniversaire, Lilou, joyeux anniversaire, Tya !*

Enfin, la maison a retrouvé son calme. Apparemment, tout le monde dort. Lili peut commencer son travail, sept enfants dans la même maison, elle n'a jamais fait cela. Elle prend son courage à deux mains, et c'est parti… Comme tous les jours, Hélène et Hugo se lèvent à 5 heures du matin. La traite des vaches doit être faite avant de les mettre au pré. En silence, ils boivent leur café.

Soudain, Hélène pousse un cri : « J'ai vu passer une souris ! »

Hugo dit sans bouger : « N'aie pas peur, ma chérie, les petites bêtes ne mangent les grosses ! (En rigolant, cette fois :) Il n'y a que toi qui perds tes dents dans cette maison. Va voir, peut-être que la petite souris a mis un bonbon sous ton oreiller ! »

Hélène remue la tête. « Tu es vraiment idiot, parfois ! »

La traite finie, Hélène prépare le petit-déjeuner pour les enfants. Le lait frais du matin est en train de chauffer sur la grosse cuisinière à bois.

Comme tous les jours, c'est Octave qui se lève le premier. Il doit prendre le car et ne pas rater l'heure. Avec un grand sourire, il lance : « Bonjour, Maman, merci pour les bonbons et les deux euros. Tu sais, j'ai douze ans et je ne crois plus à la petite souris. Et en plus, je ne perds pas mes dents ! »

Hélène, qui n'a rien compris, répond : « C'est sûrement une blague de ton père !

— Je vais aller le remercier avant de partir ! »

À chaque fois qu'un enfant rentre dans la cuisine, le même scénario se reproduit.

Pour les plus petits : « Trop bien, la petite souris est passée cette nuit ! J'ai eu des bonbons et des petits sous que j'ai mis dans ma tirelire ! »

Pour les plus grands : « Merci, Maman, je sais que la petite souris n'existe pas ! Je ne suis plus un bébé ! J'ai encore toutes mes dents, mais je prends les petits sous et les bonbons quand même ! Merci, Maman ! »

Hélène, dépassée par tout ce qui se déroule devant ses yeux, s'écrie : « Ce n'est pas moi ! C'est votre papa ! »

Hugo qui est en train de rentrer la paille dans l'étable, lui aussi, ne comprend rien. « C'est à votre maman qu'il faut dire merci ! »

Quand tous les enfants sont partis à l'école, Hélène vient voir Hugo pour avoir une explication. Chacun accuse l'autre sans savoir… Une seule chose est sûre, tous les deux ont vu une petite souris traverser la cuisine ce matin. Lili cachée dans un coin a regardé les enfants partir à l'école. Elle a vu leurs beaux sourires et leurs yeux écarquillés. Cela suffit à son bonheur…

Risque-t-elle d'être accusée de vol ? Risque-t-elle de finir sa vie en prison pour avoir voulu donner du bonheur à des enfants ?

Depuis ce jour là, avant d'aller se coucher, Hélène laisse un petit bout de fromage sur la table. Certainement qu'elle aussi, comme les enfants, pense que la petite souris existe vraiment…

J'ai découvert le plaisir d'écrire quand le temps des grandes vacances a sonné. Inventer des histoires, faire vivre des personnages et les aimer. Ainsi sont nés :
Confidences sur le zinc, un essai en vers, Atramenta, 2021.
Isabelle, roman historique sous Louis XIV, Le Lys bleu, 2022.
Théâtre de nulle part, recueil de pièces de science-fiction, Le Lys bleu, 2022.
Où il est question d'ange, recueil de pièces, Le Lys bleu, 2022.
Ah ! Ici aussi, ça cause, théâtre à lire pour mal voyants, Le Lys bleu, 2022.
À paraître cette année : *La Vie d'un horloger lyonnais* et un conte pour enfants.
Longue vie à tous ces personnages en attendant les autres.

Michel DECOUIS

N'EN DÉPLAISE À JEAN DE LA FONTAINE

1 - La chèvre de monsieur Seguin (suite)

« Tu m'entends bien, Gringoire !

— Eh oui, je t'entends bien, bandit !
D'autant que tu t'es bien gardé
De me dire la suite du récit
Que m'ont conté tes ménagers.
C'est que le loup, une fois repu,
Est allé voir moussu Séguin.
"Je suis le loup, ça, c'est certain.
Pour subsister, j'en suis confus,
Je dois manger tout à ma faim.
Et toi, tu lâches dans la nature
Une bonne chevrette pour ma pâture.
Aussi, avant de partir loin,
Car les chasseurs ne vont pas tarder
À débouler dans les fourrés,
Je veux un conseil te donner
Pour garder tes biquettes au pré,
Heureuses et en sécurité.
Les chèvres veulent gambader au pré
Au gré de l'humeur du moment,
Sans qu'à un pieu être attachées,
Qui gênerait leurs mouvements.
Il faut apprendre la liberté

En même temps que le danger.
Quand elles sauront bien leur leçon,
Lâche la corde et ôte le pieu.
Voilà, Séguin, de quelle façon
Tu peux les garder en ce lieu."
Moussu Séguin, en entendant
Cet impudent lui faire leçon,
Le remercia bien gentiment.
Puis alla chercher son fusil
Et trucida ce malappris.
Ce devait être sa façon
À lui de lui donner raison,
Et rester maître en sa maison. »

2 - Le chat et l'agneau

Matou de sa fenêtre regardait le troupeau
De moutons descendant des alpages pour la ferme,
Car l'automne était là, et l'été à son terme.
C'est dire s'il s'amusait de voir les agneaux
Courir après leurs mères pour éviter Patou,
Chien déguisé en chef et responsable de tout.
C'est alors que voilà un agneau qui s'égare
Et vient sous la fenêtre du matou qui se marre.
Patou était partout sauf à cet endroit-là
Et l'agneau apeuré appelle bien qui voudra.
« Pas la peine de bêler ! dit l'matou agacé.
Tu nous casses les oreilles avec ton cri d'bélier,
Le troupeau est parti et te voilà perdu,
Arrête ta chanson, car tout n'est pas foutu.
Regarde autour de toi ! Vois la chance que tu as
D'avoir trouvé l'ami que tu ne croyais pas.

Viens donc dans la maison sans te faire du mouron,
Arrête de bêler et pousse le portillon. »
À ces mots rassurants, l'agneau fut rassuré
Mais je crois que, pourtant, il fût mieux avisé
De partir en courant, s'il avait su que là
Où il allait, eh bien, il n'en sortirait pas.
C'est que, voyez-vous, là, habitait le boucher.
Et sans vous faire injure sur ce qui s'est passé
Sachez que la famille l'a beaucoup apprécié.

3 - La cigale et la fourmi (suite)

Que croyez-vous qu'il arriva, cette année-là ?
La fourmi bien au chaud dormait dans son grand lit
Quand la cigale au froid pour toujours s'endormit.
L'histoire est bien cruelle, mais ne s'arrête pas là
Car on m'a dit la suite, que vous ne savez pas.
Point de travail l'hiver, la fourmi s'ennuyait
Au point que son moral tous les jours s'abaissait.
Elle regrettait, sans le dire, le chant de la cigale
Qu'elle a laissé tomber par pure vanité,
Et combien sa sottise a pu causer de mal.
Elle comprend que son chant a son utilité
Et sourit en pensant que demain elle fera
À la nouvelle saison des provisions pour deux,
Pour sa nouvelle voisine. La cigale, celle-là,
Chantera tout l'été et l'hiver. N'est-ce pas mieux ?

4 - Le corbeau et le renard (suite)

« Ah, ah ! monsieur Goupil ! Vous n'êtes qu'un enfant
Pour avoir ramassé ce fromage bien coulant

Que j'ai laissé tomber pour faire entendre mon chant,
En me laissant berner par votre compliment.
— Bien sûr, mon vieux corbac, je vais me régaler !
— Vous n'aurez pas le temps de bien le déguster,
Car vous serez malade, il est empoisonné.
Et ça, je le savais et il va vous tuer,
Ou tout au moins vous rendre très fort indisposé.
— Je n'en crois pas un mot ! Une histoire inventée.
Et je ne suis point sot comme vous l'avez été
Pour pouvoir me priver de mon mets préféré.
Allez voler ailleurs ! C'était bien essayé.
— Regarde donc le ver sur la croûte boursouflée !
Il est tout à fait mort avec le ventre gonflé.
Je serais à ta place, je le ferais goûter
Par un autre animal pouvant corroborer
L'excellent état de digérabilité.
— Mais il n'y a personne mis à part cet oiseau
Qui vous ressemble si fort, puisque c'est un corbeau.
Vous qui passez par là, je vous offre un morceau
De ce fromage qui est pour moi un peu trop gros !
À ces mots, le renard pose le fromage à terre,
Le corbeau s'en empare et s'en va vers son frère
Perché sur sa branche, bombant le torse, pas peu fier
D'avoir roulé Goupil au jeu de qui gagne perd.
« Tu es peut-être malin, mais un peu trop crédule.
Le ver est mort d'indigestion de façon ridicule
Et sera pour mon frère, le mangeant sans scrupule,
La juste compensation de ce marché crapule. »
Sur ces mots, le renard, comprenant son erreur,
Fit jurer à Jean de La Fontaine, le conteur,
De n'en jamais parler, ce qu'il fit de bon cœur.

5 - Dans une ferme du Berry

Dans une ferme du Berry, il se passa un jour
Un drôle d'événement, une chose impensable.
C'était déjà l'automne, la saison des labours,
Où tous sont fatigués, épuisés, irritables.
Après toutes les récoltes, la saison des amours,
Tous aspirent au repos mérité à l'étable.
Vint un jour où Vincent, lors d'un tour d'inspection,
Constata, stupéfait, qu'aucune bête n'était là.
Le poulailler était vide à part quelques poussins
Délaissés par leur mère, qui grelottaient de froid.
Il les chercha partout et resta sur sa faim.
« Chérie ! On a volé nos vaches et le cochon,
La volaille, le baudet, le cheval, son poulain.
Même Patou, notre chien, a déserté sa niche !
Annonça, stupéfait, Vincent à Marinette.
Comment allons-nous faire ? Nous ne sommes pas assez riches
Dans notre petite ferme pour supporter cette perte,
Comme nous n'avons plus l'âge de partir de zéro.
— Vincent ! Tu n'es pas drôle. Arrête de boire ainsi !
Ton esprit est troublé au point d'être dingo
En prenant des lanternes pour de vulgaires vessies.
Comment est-ce possible que tous nos animaux
Aient disparu d'un coup ? Allons donc voir, nigaud,
Ce qui manque à l'appel. Tout ceci est idiot ! »
Ayant cherché partout, force est de constater
Que l'étable était bien vide, le poulailler aussi.
Patou était introuvable. À croire que par magie
Ils avaient quitté la ferme pour un lieu inconnu.

« Non ! Ce n'est pas possible qu'ils aient tous disparu.
Allons chercher dehors ! » Et Branle-bas de combat.
Ils arpentèrent les champs en se désespérant
De ne trouver leurs bêtes… pas plus bêtes que ça.
Mais que vois-je là-bas, tout en bas de ce pré ?
Toute la ferme est là. Coco, le coq perché
Sur la vache Marguerite tient en syndicaliste
Un discours virulent sur la vie à la ferme.
Tous écoutent Coco en silence et l'air triste
De ne savoir comment être heureux jusqu'au terme.
Il demande à chacun ce qui est désiré
Pour être plus à l'aise dans leur vie à la ferme.
Un gaillard lève le groin et dit à l'assemblée
« J'en ai marre de bouffer toujours la même pâtée.
Les restes de la maison "C'est bon pour le cochon !"
Je veux des glands avant de monter au grenier
Nourrir la maisonnée, séché en saucisson.
— Pour l'histoire du grenier, ce n'est pas notre affaire,
Mais pour le déjeuner, Mathieu le rapporteur
Le note sur son carnet comme ce qu'il faudra faire. »
L'âne d'ordinaire si calme se met à ronchonner
Que sa litière est sale et l'abreuvoir bien vide.
Et Mathieu, le dindon, sur sa feuille de noter
Les récriminations pour qu'elles soient bien valides.
« La mare est toujours sale ! Tout l'monde se baigne dedans,
Dit la cane en tapant de la patte sur le sol.
— Et moi ! dit le mulet. Le travail éreintant
Des labours dans les champs me laissent les pattes molles,
Au point que je n'ai plus de forces pour jouer
Avec ma mule. Pourquoi ce n'est pas la jument

Bien plus costaude que moi qui devrais labourer ? »
C'est donc une injustice que Mathieu doit noter.
« Je peux pas m'y coller ! Car j'attends un bébé.
N'as-tu pas remarqué mon gros ventre gonflé ?
Bien sûr, tu comprends pas,
Les mâles n'enfantent pas !
— Qui d'autre voudrait parler ? Pour être entendus,
Nous devons ordonner une grève générale.
Point de travail des Champs-Élysées, ni vu ni connu,
On reste sur la litière même si c'est pas génial. »
Voilà les maîtres venus
Et tout le monde s'est tu.
« Ah, vous voilà ici !
Et si j'ai bien compris,
C'est la grève générale.
Nous en prenons bonne note. Ça nous arrange aussi.
Cela fait très longtemps que nous n'avons pas pris
De vacances en famille, car la ferme nous prend
Tout notre temps. Aussi, c'est la grève générale !
Plus personne ne travaille.
Même nous ! Évidemment.
Que personne ne râle, c'est la grève générale.
— Ça ne va pas du tout ! dit le coq en colère.
Vous devez, c'est normal, vous occuper de nous
Et nous, de notre côté, nous devons travailler.
Donc, si vous voulez bien entendre nos doléances,
Nous suspendrons la grève, le temps d'examiner
Les solutions trouvées aux problèmes soulevés.
Mais vous avez raison, il vous faut voyager,
Prendre bien du bon temps. Allez vous ressourcer !
Je connais bien le coq de la ferme d'à côté
Et lui proposerai de passer un marché.

On trimera pour lui, il prendra soin de nous.
Oublions nos griefs le temps de vos vacances.
Revenez en pleine forme, on a besoin de vous,
Et emportez aussi le livre des doléances. »

MOTS DU JURY

J'ai été ravi de participer à la lecture de ces nouvelles et de faire partie du jury. J'ai découvert de superbes textes. Nos auteures et auteurs ont beaucoup d'imagination et de talent.

C'est une expérience enrichissante à tous les niveaux. De belles rencontres avec un débat positif et dans la bienveillance.

Un grand merci à toute l'équipe Edilivre pour son implication et sa gentillesse ainsi qu'à tous les participants. À refaire sans modération. J'ai hâte de lire ce recueil.

Luc Fortin

J'ai été particulièrement ravi et honoré de pouvoir évaluer des nouvelles de cette qualité.

J'ai pu apprécier le talent et l'imagination de ces auteurs/auteures à travers différents styles, autour d'un même thème, le monde animal, vu par l'Homme, et réciproquement.

J'ai aimé voyager à travers un ascenseur émotionnel. Ce fut difficile de les départager en un temps aussi restreint, mais lorsque l'on découvre le résultat final, l'évidence est là. Certaines ont atteint un très haut niveau de littérature et sont un régal pour les yeux, et font preuve de beaucoup de poésie, au point que j'en ai écouté certaines en lecture audio.

Je pense aussi que ce qui a manqué à certains candidats est d'avoir privilégié le fond en négligeant la forme, alors que le corps d'un texte est le socle de l'histoire qu'il raconte. Les coquilles doivent être poursuivies et chassées sans relâche, pour livrer un texte pur et dénué de fautes de frappe et/ou d'orthographe, particulièrement lors d'un concours. Cela aurait pu changer le classement de quelques nouvelles, sans nul doute.

Ce fut donc une expérience riche d'enseignement, à partager, et bien sûr à renouveler !

Merci infiniment pour votre confiance.

Frédéric Mémin

Nouvelle venue dans la famille Edilivre, j'ai été honorée de faire partie de ce jury et de découvrir des univers si diversifiés et si inventifs. Bravo aux lauréats, et bonne route à tous les écrivains qui nous ont régalés de textes aussi fantaisistes que hauts en couleur.

Nathalie Osterreicher

Lire, relire, découvrir l'univers de chaque auteur, s'émouvoir ou pas. Et puis se faire un avis. Il faut choisir, il faut noter !

C'est une responsabilité et un honneur. Ce fut une expérience enrichissante…

Anne Savel

REMERCIEMENTS

Nombreux sont ceux qui ont participé à cette quatrième édition du concours de nouvelles : 48 Heures pour écrire. C'est pourquoi l'équipe EDILIVRE tient à remercier tous les participants pour la qualité et la diversité de leurs écrits. Nous remercions ainsi chaleureusement les membres du jury : *Luc Fortin, Anne Savel, Nathalie Osterreicher et Frédéric Mémin*,

Notre fidèle correctrice *Sylvie Dubois,*

Et notre comité de lecture : *Camille Frigault, Sylvie Dubois, Pascal Bonnet, Kevine Baraka et Camille Mehats*, sans qui ce recueil n'aurait pas été possible.

Achevé d'imprimer chez SoBook le 12-07-2022

Linselles - France

N° impression : 783 084